當時明月在

張堂錡——著

目次

心情

心情像海，高低潮不斷，也像酒，愈是濃烈，愈令人難忘。把心情當海欣賞，暗流伏湧下，真能擁有風平浪靜的幸福的人有幾個？把心情當酒喝，又有幾人識得酒中趣？熱辣辣的順著喉管燃燒，常常燒焦了記憶，卻也嗆出了淚。

二十歲的心情，是翻騰的海，五味雜陳的苦酒，我立在海風裡，任風吹亂我的頭髮並且一臉酡紅地，向遼闊的大海傾訴酒醉的感覺。不會忘記的，那年的夏天，我如何走過長長的寂寞，悄然拭去濕冷的水珠，在雨窗的倒影中看見我自己。

情感的作弄，一事無成的空虛，加上生活上點滴的不順遂，終於匯聚成巨大的海潮將我淹沒。我開始試圖逃開周遭的一切，就在生日的前一晚，重重關上社團的門，收拾書架上凌亂的書籍，把曾有的懦弱與不愉快，通通鎖進衣櫥內。我決定暫時離開，不管明天即將擺在我桌上的卡片與鮮花，或者充滿浪漫與喜氣的校慶，更不用說那陰晴不定的風風雨雨，台北多變的天空。我和摯友李君，懷著相同的心境，在大雨滂沱中，搭乘國光號，準備到那座南方古老的城市去，看鳳凰花，看靜靜的街道，而且好好想一想，我的世界為什麼會這樣？

雨打在前座的車窗上，兩支雨刷忙個不停。這麼大的雨，實在不多見呢！有一頭柔順長髮的車掌，向司機無奈地抱怨著。大巴士裡，乘客只有四位，我與李君坐在最後一排，很意外地享受著急馳在大雷雨中的嘈雜與寧靜。李君興奮地抽著香菸，脖子縮進椅背裡，手上一台立體收錄音機，琤琤琮琮的〈《十面埋伏》琵琶協奏曲〉，楚漢兵馬正紮營對峙，鼓聲震天，戰爭一觸即發，轟轟的引擎助陣，大珠小珠落玉盤，嘈嘈切切錯雜彈，緊張的氣氛一下拉拔上九天，嘩嘩嘩直瀉而下，山崩地裂，琵琶弦斷。

不時有詭魅的閃電，憤怒地從天上直劈而下，微亮地映照著這輛馳往南方的高速大巴士。窗外飛逝的，是一片片濃烏的黑影，只是輪廓，看不見實體。我心裡想，台北遠了，那些令我心力交瘁的事也遠了，就像一隻疲憊的貓，蜷伏在雨夜裡，以碧綠的眼瞳，冷眼看這個冷的世界。

車過嘉南平原，雨勢小了些，但天色更暗了。我們在夜裡十點，到達李君在台南的家。濕漉的路面，該是下過一場雨，然而，我們並肩閒適地走在暗夜的街道上，卻能看見雨雲散去的明月，把柔光灑在府城一些古舊的建築物，及颯颯輕搖的老榕上。這是台南的月，台南的夜，不錯吧？台北看不到的——李君用亢奮的語氣大聲告訴我，我朝他用力點點頭，心裡的陰霾，似乎一下子煙消雲散了。

第二天晨起，我們以一種新的心情，向一所滿是鳳凰樹的校園走去。啼鳥啁啾，紅花似火，陽光在草葉尖的露珠上甦醒，湖畔不時可見翩翩飛燕輕點水面，交織出一片典麗清靜的天地。沒看過這樣迤邐一路的火紅，偶爾風過，紛紛飄墜的小綠葉，如雨如淚。深深吸口氣，覺得日子真好，沒有忙碌，沒有紛擾，只有平靜與適意，我不知道，這樣的生活，是否也會有哭泣與傷感，但我明白，受傷的心靈，將可以在這裡逐漸痊癒。

赤崁樓像夢一樣的聳立在我眼前，沒有耀眼的外貌，沒有現代化的文明，只有樸實古拙的紅牆綠瓦，斑剝的青石板路，和一頁沉痛的歷史滄桑。成長的歲月裡，赤崁樓的影子一直占據在我心深處，台灣剛有電視的初期，《赤崁樓之戀》連續劇的主題曲，曾經深深地打動一個六歲小孩幼嫩的心田，留下一抹永遠鮮明的色彩。再度輕哼著這首曲子，哀怨的情思裡竟也有一絲溫暖，畢竟，我十分慶幸自己能擁有這些美麗的回憶，並且，十幾年後的今天，親自站在這裡。

那個晚上，在床頭台南廣播電台的頻道裡，我彷彿聽到了這首淒怨的《赤崁樓之戀》，天水般傳來，自遙遠的孩提時代……

坐上南下火車，我們離開府城，要去海鳥棲息的港灣，不是去看愛河、地下街，我們只想去看看西子灣的落日。熾烈的陽光當頭罩下，陰濕與霉氣都蒸散了。坐在長堤的水泥墩上，賣冰的小販起勁地吆喝，涼也——涼也——把酷熱的暑氣硬是給喊了下去。幾艘白色的龐大貨櫃輪，從外海緩緩駛入，引起人群熱烈的讚歎。暖暖的海風，從萬頃碧浪中吹來，海鳥聒噪地從船頂畫過。沿著中山大學蜿蜒的海岸向沙灘走去，看自己的影子一路拉得好長。坐在白沙鋪積的海灘，後面是這所正在創建、一切都顯出蓬勃朝氣的新校園，前方則是一望無垠的藍色海洋。李君脫了鞋襪，掬起海水猛烈地洗著臉，我仰臥在粗石礫上，把這身軀交付給南台灣靜謐的海岸。

自然便想起，藍天的心情，雲知道，大海的心情，風知道，而我的心情呢？

這一趟南下之行，又該怎樣來料理自己的心情呢？

坐在高雄文化中心宏偉的建築前，這座冷清的溜冰場，兩個頑皮的小孩，正以笨拙的動作，試著讓自己也能輕慢地滑舞，以優美之姿。然而，一再地跌倒後，只好不情願地放棄了。猜想他們的心情該是沮喪的，沒想到，小孩的復原能力竟如此堅韌，搓搓紅腫的膝蓋，笑臉盈盈依舊，並且很快地站起來，拿起一個黃色的小皮球，繼續開心地嬉鬧著。天真無邪的臉顏，在我眼前忽近忽遠，這些不解世事的孩子，正充分地沉浸在無憂無慮裡，他們不會了解有兩個黑髮的男子，正在微笑地看著他們，並且傷逝自己消失的純真。

難道，成長是一樁苦澀的事嗎？淚水與痛苦，是否便是成長的代價呢？一樣的我，不一樣的是心情。二十歲，我是該流浪，還是該面對？

回去了吧？李君淡淡地說。

是該回去了——我把行李掛在肩上，走到場邊一個賣棉花糖的小販前，買了兩支，蓬蓬鬆鬆的棉花球，白裡透紅，像軟軟的雲。我們笑著送給了那兩個詫異的小孩。摸摸他們的頭，我內心有一股感激的情愫充塞著，是他們清澈的眼睛，使我看到了陽光，是他們銀鈴般的笑聲，使我看到了希望。燈火輝煌的夜，我們坐在北上的列車裡，決定把灰黯的心情拋擲給無盡的黑暗，等待明日清曉的曙光，照在我們的臉上。

那一夜，我們在淡海

海潮是不變的，千年以來，岸，是它的夢，恆長波湧的歸向。

而記憶，也是不會變的，褪色的記憶像凋殘的玫瑰，豔麗仍歸風雨大地。

因此，那一夜，我們在淡海的情景，便如高濺的浪花，直到現在還濡濕著我們年少的青衫翠袖。

濤聲的呼喚，是在月亮從海面緩緩升起以後。我們一行十五人，遠從市囂而來，要走向水天碧藍的圖景中。淡水河的暮色，已在遊人發亮的眼瞳中漸漸濃黑下去，長堤的風，吹開了一朵朵的燈花，夜來迷離璀璨的小鎮，依然清醒，一如我們年輕的心。

海水浴場已無白日的紛擾擁擠，入口處早已關閉，我們從一側的小徑迂迴前進，但是機警的海防部隊立刻溫和地勸阻。黑漆漆的，有什麼好看？老士官長含著笑意揮揮手，手電筒的光暈，映照出他蒼老的面容，和依舊硬朗的身軀。我們並不因此就氣餒，十五個人正好「七嘴八舌」，圍著他嘰嘰喳喳地懇求——只看一下就好啦，我們專程從台北來的！還有，以前我們都沒有看過真正的海呢！拜託，拜託，老伯——

也許，是那一聲老伯觸動了他心裡的什麼，也許是煩不過一群娃兒的糾纏，他看看兩旁崗哨荷槍的衛兵，苦笑地聳聳肩。好吧，一個小時，最多一個半小時──但是，安全第一，還有，天黑，我叫個小兵陪你們，帶路。

女孩都熱情地鼓掌稱謝，一個瘦高、有些斯文的士兵，滿臉靦腆地被喊來，士官長說，交給你這個神聖的任務，兄弟！

這樣的親切、友善，宛如父兄，如果不是那身草綠服，我們會以為就是鄰家的老伯嘛！直到我們隱沒在夜色裡，驀回頭，仍可看到他的手裡微弱的電光，在風中溫暖地輕盪著。

士兵姓廖，來自多陽光的南台灣，問他天天望海的感覺，他的回答在夜裡聽著很有點鄉愁的蒼茫：

「也沒什麼，剛開始看到漁火，會想家，這裡的空氣，很像我老家附近的漁港。不過，現在好像也習慣了，每天看海，覺得自己的心胸也跟著開闊起來……。」

是的，廣闊的海，開敞的襟懷，這不就是我們千里迢迢來看海的原因嗎？踩在柔軟的白沙上，腳步聲顯得格外沉重。手電燈朝地上投射出許多凌亂交錯的光束，充滿棘刺的仙人掌花，在鐵絲網畔盛開著黃色的花蕾，劍狀的瓊麻森然如戟，在乾燥的沙地上，擔任夜的守衛者。比劍鋒更銳利的，是從高處強烈照過來的大型探照燈，在我們身上迅速搜索，灼熱的光帶點野戰的味道，自然聯想起許多偷渡逃亡的畫面，驚懼的神色，探照燈宛似冷冷的槍口，兇狠的禿鷹，而我們，正是牠下手的獵物。這樣的刺激想像，雖然不切實際，卻稍稍滿足了都市冒險家一心追求的狂想。

這倒是很奇特的一次經驗了，一九八三年夏，我們在淡海。

在遮陽棚下，脫了鞋襪，坐在尚有餘溫的木板上，或者沙地上，用最舒適的姿勢等待，然後，便是海的事了。

沒有人捨得閉上疲憊的眼，十多雙眼睛一起注視向悄靜的海面，潮水漲湧，喧嘩得厲害，一波一波的像前塵往事。月華臨照下的海，是一疋銀練，海平線上閃爍如鱗。舉頭，是黑絲絨上汪洋的星宿海，天上人間，相互輝映成一個屬於金銀的世界。這樣的星海之夜，我們心甘情願讓一切的心情都溫柔地擱淺。

有人低聲唱起了〈在銀色月光下〉，新疆塔塔爾民歌，遙遠的一場舊夢，像燕子，展翅飛到青天上，朝著她去的方向，卻驚覺往事蹤影已迷茫，只有銀白色月光灑遍在那金色的沙灘上。故事是帶點缺憾的，但是歌聲中的情懷，卻完美浪漫得令人遐思不已。

從不曾守著一灘的月色，覺得自己是如此的富有。看一個個留在背後的腳印，那是歲月無法沖刷的。將腳輕放在清涼的海水裡，衝擊的力量使人感到一股生命的充沛，那是大自然的呼吸，正劇烈地喘息在海的胸膛，當細沙從趾間嘩嘩流過，那膩人的撫觸，像是人生一次又一次的偶然。

兩個女孩笑鬧著奔回，漾溢的青春臉顏，小鹿之心，猶不停蹄，難掩的一抹驚惶寫在眉睫，似志摩詩裡的海邊女郎，哀怨的韻。海，是否想告訴她們什麼？

一張屬於軍人剛毅的臉，隱隱流動快樂的溫柔。這樣的一次任務，是否會讓他在以後戍守的夜裡，有些不一樣的情愫呢？

我們向他道謝，他執意送我們上車。蘆葦搖曳的小路，被夜暗吞噬的樹影，流螢如線，這不是人間一場極美麗的相遇嗎？十幾雙深情的眸，在沙灘、月光、海風的流轉中，緊緊相依。

海潮的聲音漸漸退散，小鎮的燈火依然迷離地掛在風中，我們把那一夜淡海的風情，從此體貼地溫存在心底。

夢裡的木棉道

宿舍前的草坪上，有人輕輕彈著吉他在唱歌，是個聲音極富感情的中文系男孩，不知什麼愁苦困擾著他，哀哀怨怨地把〈木棉道〉唱了一遍又一遍，皎亮的月天上圓圓地掛著，讓人聽著不禁要興起許多塵封已久的記憶，心弦彷彿也隨之顫動。一陣涼風吹過，倚窗出神的我，竟發現自己的臉上不知何時已掛了兩行清冷。

不該這麼容易就感動的，都已經是碩一的學生了。然而，面對這樣一首曾經熟悉、喜愛，且經常在夢中浮現的旋律，我實在不能，也不願用偽裝的臉孔來漠視它，我寧願讓自己的情潮隨之起伏、澎湃，而至不可收拾，就像年輕的大一時候。

大一，我們曾在寶藍的天空下大聲歡笑，也曾在暗夜無人的角落悄然哭泣，年輕的心是一顆易感的心，愛藍天、愛海洋，愛一切美的事物。青春像一盤滿滿的五彩顏料，隨時都會潑濺出來，也像初夏燃燒一路的木棉花，那樣紅燦，那樣耀眼。

上讀書指導的慶萱師，有一回上課途中，突然摘下眼鏡，瞇著眼，低聲地像訴說一樁祕密般，告訴我們：

羅斯福路的木棉花開了，你們應該去看一看。長長的一路都是——

那個週末的黃昏，我們一夥人成群結隊地走在朵朵盛開的火木棉花下，托缽的花瓣朝向無盡的天空，我們熱切的笑臉仰望著一樹紅，整條街彷彿都亮了起來，掉在地上的，我們全都憐惜地拾起，捧在掌心，連同美麗的回憶，一起帶回去。

直到現在，隔了六年的時光往回看，我們仍認為，那一路的木棉花永遠是我們的，誰也搶不走。

也是大一，那位聲音略帶沙啞的校園歌手，在電視上唱紅了〈木棉道〉，也唱出了許多年輕人心中難忘的波濤。愛情、蟬聲、木棉道，成了那一季夏天的高潮。我想起一位已經三年不見的好友盧，在南方服役的他，大學時代曾以這首〈木棉道〉，自彈自唱，獲得校園內民歌大賽的冠軍，為他自己，也為那個夜晚的星空，增添了一道亮麗的光芒。我們在大三時因參加社團工作而熟稔，辦活動、畫海報，甚至協助沖印公司舉行攝影比賽等，兩顆相互欣賞的心一度極為接近地彼此照亮著。然而，過多的才華只給他帶來自信，而不是快樂。一樁感情的波折，長久以來啃囓著他冷靜外表下，那顆脆弱的心。在許多人都返鄉的寒假，他仍獨自在賃居的小屋中度過，孤獨且不被了解的靈魂，像一顆孤星，幽微地發著冷光，溫暖不了他自己。

一個淒冷的冬夜，我去看他，開門迎我的是一張憔悴的容顏。昏暗的燈光下，他蹲在地上繼續為外面的攝影公司畫一張兩百元的海報，桌上擺著一瓶飲了大半的洋酒，高腳杯中仍殘留著琥珀色的酒液，菸灰缸裡凌亂的菸頭像極了解不開的結，迷茫的白煙，纏繞著一室的苦悶。我無言地坐在床沿，看他熟練地寫著廣告藝術字體。那是一張迎新春大優待的畫稿，尚有一半未完成，他把水彩筆用力扔進玻璃杯裡，幾滴顏料濺在瓷磚地板上，駭人的血紅，突然間，他仰起臉，紅著眼對我說：

「這就是生活，錢賺得愈多，酒就喝得愈多，而酒喝得愈多，錢也賺得愈多，有意思吧。」

那個寒假，他的父親猝然過世，死在南島冷冽的港灣城市裡。

他再回到學校，已是開學後一週了。我在他五樓的房間裡陪他，積塵的吉他靠在一角冷落無人問，昔日意興風發的主人，曾經因它而在眾人面前做了一場精采的演出，如今，主人似已疲倦。他仍是那副靜默的神情，怔怔看我，也看著這個世界。然後，從抽屜拿出一卷錄音帶，是電影《搭錯車》的原聲帶，電影剛下片不久，戲的結尾，女主角因喪父而含淚演唱〈酒矸倘賣無〉的一幕，曾令我泫然欲泣久久。他請求我播放，嘴角輕輕抽搐著。當女歌手高亢激越的吶喊在空中迴盪開來，我忍不住問他：

「還記得大一時唱的〈木棉道〉嗎？」

他愣了一下，迅即偏過頭去，眼角噙著淚，朝向黝黑牆壁的肩膀，壓抑不住地顫抖起來。

是的，沒有人會忘記，木棉花一路燃燒的明麗，也沒有人會忘記，木棉道上曾經流下的淚水，正如我此刻，因著這首遠遠傳來的歌曲，而感到眼前逐漸模糊一樣。曾經歡笑過，曾經哭泣過，我們的青春歲月，我們的歌，我們夢裡的木棉道，都已隨風飄散，不會再回來了……

點燈的人

當我還是個學生的時候，曾經看過一本有趣的童話──《小王子》，在書中，小王子離開了他住的星球，到各處去看看，有一天，他到了另一個星球，那星球上什麼也沒有，只有成千上萬的路燈，還有一位堅守崗位的人，他每天只做一件事，就是傍晚時把燈一盞盞的點亮，黎明時又一盞盞的熄掉，當他把所有的燈都點亮時，天也破曉了，等他再把所有的燈熄掉時，黑夜又來臨了，他每天重複地做著點燈熄燈的工作，樂此不疲。小王子覺得很納悶，不解地走了。我看完後，也跟小王子一樣懷疑，他這樣的工作有什麼意義呢？日復一日的難道不厭倦嗎？

後來，我成了一位站在講台上、從事教育工作的老師。每天，上課下課，面對著一樣生嫩的臉孔，講著相同的課程，才一年多的時間，我竟有種倦怠的感覺，隱隱而生，不禁悚然而驚，深自反省與檢討後，我才明白，堅持實在是一個人最大的考驗，能守住自己的崗位，全心全意的付出，並且，不厭不倦，這是一份多麼崇高的情操。也因此，當我再讀《小王子》時，對那位日日點燈的人，心裡便多了一分敬意。

我想起了過去生命中，曾經替我點燈、為我指引路向的信博師。只有在我也成為老師後，才更能體會到他多年堅持教育理想的不易，也只有在自己開始擔任傳燈者的角色時，才感受出當年點燈的手，是多麼溫暖。

高二時，我擔任校刊編輯社長一職，信博師是指導老師，我對文學的愛好，是他啟發的，對教育的嚮往，也是他薰陶的。校刊社的人手不足，但每學期要出三本，繁重的編務使我們常常要挑燈夜戰，放學後，繼續留在那間狹小的「社團辦公室」內，討論、編審或校對，信博師總是以最大的耐心與誠摯的笑容，來面對這些年來早已熟悉的工作，並且，將豐富的學問，雅緻的談吐，在如沐春風中悄悄傳遞給我們，使每個乾澀的心田獲得了雨露般的滋潤。

夏天的夜晚，常可見提燈的流螢，在「社團辦公室」的外頭飛舞，替沉寂的校園，增添幾許活潑的生意，也給正在燈下工作的我們，留下美麗的回憶。我不會忘記，忙碌結束，離開「社辦」時，那隻總在最後將燈捻熄的手，常常，當燈「啪」的一聲關掉時，我的心裡卻又亮起了另一盞燈，至今，我仍在這盞燈下，不懈地把文學深深耕植。

高三，很幸運的，他擔任我們的導師，而我又是班長。諄諄的言教與嚴謹的身教，逐漸拉近了我們的距離。上課時，他是個旁徵博引、談笑風生的學者，充分的準備及誠懇的態度，把中國傳統文化的精髓，盡其在我地傾囊相授，讓我們懂得作為一個人，尤其是一個中國人的尊嚴與榮耀。下課後，他是個親切溫雅、充滿愛心的好兄長。有一回我略染小疾，偷懶不去上學，他很快的便騎機車到我家來，我一接觸到他那雙散發出無限關懷的眼光，內心便開始深深懊悔。那一天，他以自己的經驗，親切地告訴我讀書的方法、時間的安排及志願的選擇等，在距聯考只剩兩個多月的緊張不安中，他的一番話，成了安定我與鼓勵我衝刺的力量。

後來，我終於如願考上台灣師大國文系，他興奮地在信中寫道：「善歌者使人繼其聲，善教者使人繼其志。」我想，我之所以會渴望追求文學殿堂的美好，並且，願意走上講台，執起教鞭，信博師的教誨，是最重要的指引。服役時，懷著一份欣喜與戒慎，我出版了第一本小說集，當我將書放入紙袋中掛號付郵時，我同時也寄去了我的一份感激，高二那一年，夜晚校園裡那盞暈黃的小燈，又在我的記憶中亮起。

今年九月，我將進入研究所，向另一片更寬廣、更亮麗的天空走去，如果，我能在未來求得一片陽光，或一滴雨水，我都願意相信，那是用九年前信博師一雙鼓舞的目光所換來的。《小王子》中點燈人的心情，我也在信博師的身上找到了答案。

一盞沒有點燃的明燈

人生是一條漫漫長路，而我已在這路上涉行二十五個年頭。偶然回首，總覺得自己這段生命旅程，雖然不免挫折、打擊，但每當急需幫助時，總有人會適時鼓勵我，或暗中拉我一把，助我安然走過歲月的滄桑歷練。他們就像一盞盞明燈，照亮了我的生命；而其中對我影響最大、給予最多的，是陳郁夫老師。

結識郁夫師，是在大二的「散文與習作」課上。他不高，方形臉配上一副黑框眼鏡，很有書生氣質；四十出頭的年紀，看來充滿自信與活力。我們興沖沖地準備上這門每週三堂、須修兩年的課，孰料第一次上課，他就兜頭給我們一盆冷水。

郁夫師對國文系學生不爭氣、不用功大加撻伐。而當時我們仍有著不知天高地厚的自大與豪情，因此下課後，紛紛議論起這位「好兇」、「好嚴」的老師，大家對他的第一印象是「不喜歡」，程度一如他對我們的「失望」。

所以，此後「散文」課的氣氛便冷漠而無生氣。每回他在台上責備我們，我們心中也在暗暗咒罵。僵局持續了三個月，直到有一位同學與他懇切交談後，使彼此有進一步的了解，才把雙方距離拉近。

現代的大學生，其實也並非只知郊遊、烤肉、逛街、看電影，對大時代依然有滿腔的奉獻熱忱。而老師亦非那麼嚴峻與不近情理，只是不忍見年輕人墮落、不長進，內心憂急，在「恨鐵不成鋼」的心情下，才對學生嚴格。經過這次溝通後，我們開始喜歡上他的課，他也開始鼓勵我們做學問、讀書、寫作，師生間逐漸產生了一份溫馨穩厚的相知相契。大二將結束的日子裡，我們竟然扳著手指頭算還有幾堂「散文」課，還有幾個小時可以和老師相處。

大三時，校內舉辦「第一屆師大文學獎」活動，我寫了兩篇小說參加，僥倖得到小說類的二、三名。郁夫師是此次比賽的評審之一，他一直不知我也喜歡寫作，因此當入選名單揭曉時，不免大吃一驚。於是，他找我談話，這一談，便談出了此後亦師亦友的知遇之情。

我拜讀郁夫師的短篇小說集《漁歌子》（白雲文化公司出版）後，深為其中人物不向命運低頭的精神所感動，也對成長的艱辛有更深刻的體會。書的扉頁上寫著：「成長是一種痛苦的過程，記憶所及的每一次成長，都像是脫了一層皮」，令我感喟良久，對這本書，也頗覺「相見恨晚」。因著寫作，我與郁夫師成了無所不談的知己。

大四時，郁夫師擔任寫作協會的指導老師，我是小說組長，每週一中午，郁夫師都與全體組員暢談寫作經驗、讀書心得及小說理論，那段充滿理想與豪氣、意興風發的時光，至今仍令我懷念不已。

郁夫師也是個嚴謹、執著的治學者，他致力鑽研易學及宋明理學，出版了《呂氏春秋撢微》、《邵康節學記》、《明陳白沙獻章年譜》、《江門學記》等書。

在生活上，他則處處流露赤子的真性情。雖然已屆中年，且如胡適所形容的：「略有幾莖白髮」，卻仍有浪漫情懷。尤其是幾杯黃湯下肚後，言語機趣橫生，妙韻無窮。和他相處，完全不須設防，只要待以真純，自能打成一片。讀書之餘，他喜歡打乒乓球、下棋或騎摩托車到郊外旅行，精力與衝勁不亞於年輕小伙子。

他也喜歡吹笛，偶爾亦填詞譜曲。只要完成一首新曲，便拿給我看。我們一起哼，一起唱，歌聲與心聲交會，匯成動人心弦的旋律。

有一首〈關情〉，真摯動人：

園裡的梔子花開放了沒？
今年的春茶香透了沒？
老屋的那一角會不會漏水？
我關情　我關情這些——
茫茫的宇宙，我將何去何歸？
百代的過客，要問到底是誰？

我放走的那隻鳥回巢了沒？

被剪的翅膀長好了沒？

這雷雨黑夜裡能不能入睡？

我關情　我關情這些——

病痛的人們，漸可安寧入睡？

聖賢的心靈，正在遙夜相催？

我真關情　關情這些。

認識郁夫師六年，我真正感受到他是一位性情中人、學問中人；如果我這平凡的生命能在未來的日子裡綻放出一點光或熱，必得感謝郁夫師的潛移默化，諄諄教誨。

泰戈爾有句名言：「我將自己的影子拋在路上，因為我有一盞沒有點燃的明燈。」我願用這句話真誠地表達對郁夫師的感念，也藉此勉勵自己能在為人師表的粉筆生涯裡，像明燈一般，照亮需要指引的學生。

背影

一直還深深記得，那個在校園裡熟悉的背影，一跛一跛的，從斜日夕照中緩緩地向地下道走去，漸行漸遠，終至隱沒……

六年，不算短的流光，幾度花落花開，多少悲歡離合的故事曾經發生，多少愛癡怨嗔的心情如潮起伏，但隨著歲月這把篩子無情地淘洗，真能在記憶的河流裡，閃閃生輝的美麗石子，並不多，而婁師佝僂的身影，卻是六年來，心中一塊永遠沖刷不去的磐石。

大一，新鮮人的黃金生涯，我們以一種完全懵懂的心情來迎接，在聯考桎梏下封閉已久的心，正等待滋潤，期盼叩問，上我們大一國文的婁良樂老師，正是在不知不覺中輕叩我們心扉的第一人。

在文學院大樓的教室裡，我們開始在先民一篇篇動人的文章中，含英咀華，吟哦記誦，透過婁師親切的笑容、精采的解說，顳頏學步的我們，彷彿被一雙溫熱的大手牽引著，被溫煦如春陽的目光呵護著。二樓窗外的鳳凰綠葉，在秋風裡一點一點地飄落，但我們的眼界卻一天天地寬廣，中國傳統文化殿堂的巍峨端嚴，也一寸一寸地在我們熱烈的仰望中升起。

那真是一段快樂的心靈之旅。從詩經周易，到韓柳歐曾，從孔孟荀墨，到陽明二程，詞章義理之學，為人處世之道，都在婁師滔滔的辯才中一一彰顯，完全釐清。我們不是善問者，但他卻是個善教者，薄薄的一冊《大學國文選》，他能上窮碧落下黃泉，蒐羅各方註解，不停地反覆推敲思考，總要求出個最允當的說法方肯罷休，我們的性靈在其中獲得了珍貴的啟發，旺盛的求知慾也得到最大的滿足，每一次的國文課，總像是一場酣暢淋漓的文學盛宴，使我們直呼痛快，回味無窮。但也因此，他原來就不算健壯的身子，在紛飛的粉筆屑中更佝僂了，兩鬢飛霜更是早已似雪，常令台下安坐的我們，油然滋生微微心痛的感覺。

婁師的雙眼因為罹患白內障，鼻樑上總掛著一副厚重的金框眼鏡，然而視力依然不佳，當他偏著頭，凝神注視著你時，你會誤以為他看的是別人。有一回他風趣地自我解嘲說：這是「折射」作用。我們聽了不禁會意地笑開來，但是笑容很快就凝凍住，因為我們都看到，一股淡淡的蒼涼，正寫在他滿布風霜的臉顏上。婁師是個自律嚴謹、一絲不苟的學者，課堂上他很少說笑，沒想到這個「笑話」會一直激盪在我們青澀的心田上，清晰地留存到現在。

常常，上課鐘聲未響，他已在教室外頭等待，提著那只灰舊淺黃的公事包，微笑地看著我們橫衝直撞地從樓梯口出現，我們總是相對赧然一笑，他的嘴角輕輕扯動，黝暗的長廊上，像踽踽獨行的哲人，正冷眼旁觀著擾攘的人間世。遲到的人，從他那裡自然接收過來的，是一抹發自內心的溫藹諒解，如父如兄。

他走路的姿勢，因為矮胖的身材及那只沉甸的公事包，會不由自主地左右搖晃，遠遠看去，彷彿一跛一跛地，蹣跚的老態。有時下課後，我見他獨自一人，緩緩地踱步在人來人往的紅磚道上，向地下道走去，斑白的髮，在陽光下爍爍如銀，我總會覺得無言的感動及沛然而生的敬意。

從學長的口中得知，婁師以老兵退伍後，憑著不屈的毅力、堅強的鬥志，及一份對文化、對歷史盡心的抱負，艱辛苦讀，高齡考上國文研究所。在長程的跋涉中，他向自己的病體挑戰，向困難的家計負責，一朝一夕，一點一滴，在淚水及汗水的交織中，取得了博士學位。這象徵著學術研究地位的冠冕，戴在他的頭上，著實當之無愧。在《管子》的探討領域內，他是個權威的佼佼者。

讀過鄭明娳老師發表的一篇有關追求學問的散文，其中曾提到她與婁師兩人經常是圖書館最早報到、而且最晚離開的人，婁師刻苦治學的工夫及精神，是她深深引為效法的風範。

從這些周遭的師友口中，婁師那木訥寡言，端正嚴肅，奮力向學的形象，早已深烙在我們這些他親炙的弟子心上。然而，因著一次偶然的交會，他傳遞給我的還有一份溫藹待人的可親，端莊不苟的正直，和一道永不枯竭的濃濃暖流。

那是大一下學期的一個清晨，我與婁師約定八點在普通大樓二一一教室相見。為了自己高中時代想擔任校長的壯志，及上大學後日趨強烈欲走上寫作之路的理想，我正處於矛盾兩難的取捨關口，舉棋不定的惶然，使我面臨極大的困擾。後來在另一位同學的慫恿下，決定一起申請轉教育系。那天的相約，便是欲請婁師在我申請轉系的成績欄上填註分數及簽名，其餘三科均已填妥。當我如約走進教室時，發現他早已心定氣閒地在等我，手邊一本攤開的古書，想是方才等待時所看。他穿著一襲淡青色的青年裝，桌椅旁仍是那熟悉的老舊公事包。他抬頭看到我，馬上站起來，露出一貫樸質的微笑，我發現他厚重的鏡片裡，正透射出讀書人所特有的智慧與清明，一種洞明世事的澈然。我趕緊把申請書放在他面前，他才坐下。然後，從公事包裡取出了班上同學期中考的卷子，並且抽出我那張自覺寫得並不圓熟完整的試卷，上面赫然是紅色的「九十五」，我簡直有點不敢相信我的眼睛。他遞給我：

「你看看，有沒有什麼問題？」

迅速的瀏覽一遍，我的手竟微微發抖。

「我覺得，分數，好像太高了！」

「不，你寫得很好。」

他一口的斬釘截鐵，我一時不知如何以對，只好訕訕地立在一旁。

開始在我的成績表上寫分數。執筆的手有些乾皺，甚至輕輕地顫抖。然而，他不像其他老師隨筆一揮，阿拉伯數字及潦草的簽名便將攸關你一生的大事打發掉，他寫的是工整端正的「玖拾伍」，並且一筆一畫如刻鏤玉石般慎重、緩慢。我忽然想起他坎坷流轉的一生，及無數個夜晚苦讀的身影，內心宛如被重物撞擊般，感到一陣湧上來的難受。辛苦地簽完名後，我以為結束了這一場生命中極短暫的師生緣，卻不料他又彎下腰去，從公事包中拿出一個烏漆象牙印盒，打開，取出一方似已跟隨他多年的私章，準備在簽名下頭蓋上。然而，他沒有立即這樣做。他將私章緊握在手裡，抬起頭來，親切並關懷地問道：

「你，都決定好了嗎？」

是啊，我都決定好了嗎？這個我反覆思索過千萬遍，卻仍沒有答案的問題，沒想到，竟會從婁師的口中說出。那已花白的頭髮，風霜的面容，及長廊上踽踽獨行的背影，我想起他上課時為我們苦心描繪傳統文學殿堂的情景，那麼急切，那麼殷憂，那麼自許，我不禁眼眶一熱，許多許多的憂慮、困擾，便像流水一般淌了過去——

我終於將那張申請書撕成碎片，向空中用力拋灑。

最後一堂課，同學們嚷著暑假要到老師家包水餃，他露出難得的笑容，爽快的答應了。也有同學說，二年級要選修老師的管子課，他還是含著笑意，定定地看著我們這群年輕、不知愁苦的小孩，在他面前笑著、鬧著……

八月暑假的一個早上，我去拜訪了大一導師黃慶萱教授。吃完午飯，我們一起步出他新店的家，準備搭車到師大。走著走著，他忽然想起什麼似的，轉頭問我：

「對了，婁良樂老師，是不是上你的國文課？」

「是啊，我們還計畫過幾天到他家包水餃呢！」黃師一時噤了口，但最後他仍然語帶哀戚地告訴我：

「——婁老師，前天，心臟病發，過世了……」

六年了，那樣溫熱的眼神，親切的問詢，那曾經融融泄泄的文二一二教室，以及那場永遠無法趕赴的聚會，一直深刻地貼在我內心最柔軟的角落，正如那獨自走在紅樓夕暉裡，提著公事包，一跛一跛的背影，也一直是我年輕記憶的河流裡，最明燦、美麗的磐石，對婁師曾經教給我的一切，我將永誌不忘。

讓花開在妳窗前

這是一首旋律極為優美的馬來亞情歌，大二時在復興山莊，班上一位馬來西亞僑生雷唱給我們聽的。歌詞的意思很簡單，表達的是一個年輕男子對情人的思念與祈禱，重複的主旋律加上雷細柔的嗓音，竟把這首富有異國情調的曲子，唱得婉轉動人，彷彿說中了我們內心潛藏已久的愛情故事。

後來，我們把這首歌錄下來，學著唱，但是無論怎麼模仿，那韻味總差了一截。這卷錄音帶我保存得很好，不過由於教書的忙碌與服役的奔波，一直無緣再去欣賞。直到早上整理行李準備回到母校的研究所註冊並搬進宿舍時，才又找出了這一卷塵封已久的記憶。當歌聲流瀉在靜謐的房間內，我竟按捺不住，有一股想流淚的衝動，因為，我突然憬悟到，即使我再回到那熟悉的紅樓鐘聲裡，迎接我的，已非昔日的陽光，和陽光下屬於我們這一班的笑語了。尤其是，我將到哪裡再去尋找像雷這樣可愛的女孩，和她天真無邪的歌聲呢？

在班上的僑生中，雷是相當特殊的一位，不只是因為她的美貌，而是她的性情與別樹一幟的笑聲。大一開學後的那段時間，大家總有些忸怩不安，新鮮人歡樂的笑臉下，仍是一顆生澀、探索的心，彼此間很自然的會有些許的距離，所以那陣子，校園中我常看到她柔弱修長的身影，寂寞地走在人群裡。一只白色的女用背包，總絲伴著細碎的步子而輕輕晃動著。隨著時日的消逝，同學間的情感逐漸滋長，矜持與隔閡在天天見面的熟稔中早已化為無形。話多了，笑聲多了，我們融洽得像一家人。不久，我們也發現，家族中那個文靜的小女孩變得活潑了，她會跟你下馬威：「我姓雷，家住馬來西亞霹靂州，厲害吧！」

雷與霹靂，實在不能讓人將她嬌柔的身軀聯想在一起。她說話時，豐富的表情，不標準的國語，常常使我們笑得東倒西歪。上台心得報告時，她會把「發現」唸成「發錢」，底下的人聽了笑，她在台上莫名其妙地跟著笑，而且笑得驚天動地，好像笑的是別人，把老師也逗得呵呵不已。有時，教授講的話，她聽了覺得好玩，也會忘情地笑開來，大家一聽她的笑聲，忍不住也笑成一團，好幾次，上課的進度便是因此而落後。

和她聊天是件愉快的事，可以把她當小妹妹，完全不必設防，她絕對仔細聆聽，不時爆出笑聲，會讓你充滿了成就感。也因此，她的笑聲連同人緣，傳得既眾且廣。

大二的暑假，她從馬來西亞寫了一封信給我，訴說她的生活點滴，有趣的文字描繪，令人開懷。

「腰又痛了，每天晚上自己躺在沙發上捶，不然就一屁股塞進媽咪的懷抱裡讓她捏，很痛，但是很好玩。」

「其實，我應該住在柔佛州才對，我這麼溫柔，又誠實，唉！生不逢地，阿彌陀佛！」

開學的第二天，她提了一瓶洋酒及一條洋菸，給我們五個男生「分享」，我們樂得眉開眼笑，直說：「沒看走眼，真是乖小孩，懂得孝敬我們！」

然而，小女孩終究是長大了，不管我們接不接受，大四那一年，聽說她成了戀愛中的女人，對象是一個正在服役的朋友。我們五個男生滿心的祝福，這樣善良的好女孩，是應該有個理想的歸宿。快樂與幸運，我希望上天永遠賜予她。但是，事情的發展卻出人意料，開始發覺她開朗的笑聲減少了，她的眼神幽幽怨怨，不專心，也不知望向何方。再遲鈍的人也能感受到，她並不快樂，難道，愛情來得不是時候？還是上蒼又導演一齣作弄人的戲？我們擔心，怕她脆弱的心無法承受，我們懷念，她曾經的無憂無慮到哪裡去了。

有一晚，我在宿舍三樓的窗口，看到她和男友激烈地爭辯，互不相讓；聽說，常常她歡歡喜喜地走出宿舍和他見面，卻不到十分鐘，又看到她面色如霜地回寢室。許多許多的不愉快，清楚地寫在她的臉上，她，已經不再是那個喜歡唱〈讓花開在妳窗前〉的女孩，也不再是想留在台灣教書，而不斷擔心自己國語的女孩，更不是曾經和我們打打鬧鬧、無拘無束的小妹妹了。

大四下學期，她和他分手時，起了爭執，一場劫持的衝突，使男的遭到扣押，這場美麗的夢幻滅得令人措手不及。最後，在法庭上和解，她撤銷了告訴，同時，也撤回了曾經付出的感情，和無數身心俱疲的日子。我們看著她憔悴、哀傷，卻無能為力。

畢業典禮時，我們五個男生送了一束玫瑰花給她，告訴她，這個世界還有我們，我們永遠都是一家人。她的眼眶紅紅的，但是沒有淚，一直到她的身影沒在登機室的茶色玻璃後，向我們不捨地揮手，我們都沒有看見她哭過。

飛機畫過天際，留下一道白色長線，我突然想起她大一時，肩上掛著的背包，那輕輕晃動的白繐子。

幾年過去，聽說她到了倫敦，繼續唸書，但是，這一切好像都隔得很遠、很久了，曾經熟悉的面容、笑語，不知何時，竟被我遺忘了，直到這個早晨，無意中發現了這卷錄音帶，並且將按鍵緩緩按下，雷的歌聲才讓我再度沉浸在往日的歡笑與悲哀裡。

讓花開在她的窗前吧！倫敦的天空，泰晤士河畔的青草地，我此刻，只有這個願望而已。

美麗的輪迴

這該是一場命定的幸福吧！我穿著草綠服，立在紅樓「止於至善」的拱形門前，以一種感激與顫動的心情，看自己的名字被工整地寫在長長的榜單上。門前圓形的噴水池四周，七里香若有似無的馨芳飄浮在這六月的初夏季節裡，鳳凰樹蟄伏一年的綠意，正醞釀出點點熱情鮮耀的火紅，在陽光下搖曳成串串的金黃。我該如何來訴說內心那期盼已久的喜極欲泣呢？對這古老的紅樓，對這悠揚的鐘聲，乃至於我繽紛多彩然已漸漸褪色的記憶。我曾多次在夢中流淚驚醒，只因我留戀的一草一木、一人一事，突然又伏擊我多感的心靈。我也曾不斷的告訴自己，總有一天，我要再回來，回到我四年成長的初生之地，回到我歡笑淚水交識的往日情懷中。

此刻，我怔怔看著眼前成真的美夢，我不禁要對那一天蔚藍的晴色千里，深深感謝。我，終於回來了。

這或許是一種無藥可救的戀舊情懷。當我決定撳下這場「回到過去」戰爭的按鈕時，支持我的動力，竟是那一幕幕已被時光壓成碎片的記憶，雖然再怎麼拼揍，也不是以前完整的那一張了。摯友陳君在信中質問我：「為什麼那麼固執，非要回到母校呢？」而我卻只能夠默默無言，無可奈何地將這些難能可貴的關愛，一一婉謝了。我的理由竟然是：只為了一份情感，一種難以忘懷的留戀，和紅樓鐘聲裡我曾經走過的天光雲影，花樹清景。這是多麼牽強而又單薄的「理由」，然而，正是這種心情，我燈下苦讀，趕考應試。夢與詩的桃花源，我是忘路之遠近的漁人，在離開多年之後，不能忘情地再度問津，而我不是劉子驥，是那跋涉在茫茫雪地裡多年的外交官，終於在失去的地平線上，尋到了夢寐以求的香格里拉。

時移事往，許多的故事會沉寂，會湮沒，但是，對我那黃金歲月裡所留下的每一幅畫，流光的嬗變，只會使它更明晰，更美麗，煥發出更迷人的光彩。

怎能忘記大一時，屬於新鮮人的浪漫與恩寵呢？河濱公園的迎新，揭開了璀璨生活的序幕。學長送來滿是註記的《大學國文選》，乍看之下，很為他的用功折服，他嘿嘿笑幾聲，才透露事情的真相：這本書已經傳了五代，你是第六代！我傻眼了。學姐請吃飯，系上男生少得一點也不可憐，反而個個是寶，三個學姐寵你一個小男生。慢慢的，你開始了解什麼是「教授」，以及「翹課」。沒有晨考週考段考月考抽考，於是你成了「東南亞」、「大世紀」的常客，龍泉街也開始出現你拎包水果或排隊等自助餐的身影，一切彷彿是那麼自在、無憂，閒閒走在日光下，天天都有新鮮事。宿舍裡六個人一間，當你沉浸在〈秋蟬〉那哀愁的氣氛時，另一個人可能正在唱「浪奔！浪流！萬里滔滔江水永不休——」；當你正為了《狂風沙》中關八爺的義蓋雲天而熱血沸騰時，兩個坐在角落的馬來西亞僑生可能正用馬來語談著有趣的話題。世界是這麼大，卻也這麼小的濃縮在一間寢室裡。

興致來時，趴在窗口眺望女生宿舍的燈火，可以打發掉許多無聊的週末之夜；開始有活動了，寢室聯誼，在冰果店裡男生女生各坐一列，大眼瞪小眼，不安的手把吸管扭得暗自叫苦。結束後回到寢室，狗熊變英雄，那個女孩如何如何，評頭論足，談了足足三天三夜。突然有一天，班代表宣布，下週開始期末考，頓時人心惶惶，交頭接耳，於是開始有人請吃飯，宴無好宴，借一下筆記抄嘛！結果是，龍泉街的影印生意，如股票市場的走勢上揚，創下一學期來的最高點……

大二開學的第一天，男生都覺得過去看走了眼，沒想到班上的女生個個都如花似玉，經過一個暑假，女大七十二變，燙髮、化妝，襯上耀眼大方的新衣裳，這才讓我們五個男生懂得了「野花哪有家花香」的道理。也在此時，開始有外校男生來邀約班上女同學郊遊、烤肉，及參加舞會等，但是，保守的系風，這些活動並不會激起我們太大的漣漪，反而是在課業方面，大家似乎都已開竅，或者說是逐漸找到自己的方向，於是，書一本一本地買，也不管生澀黃熟，一律囫圇吞下，看得過癮之至。

我還記得好幾次，把伙食錢忍痛交給了書商，餓著肚皮喝開水，依然看得津津有味。書的魔力，開始在國文系學生的身上起了神奇的變化，書籍泛濫成災的情形到處可見，只是個人災情不一而已。記得有一位司徒學長，書桌及床鋪都讓給了書，從大一起，他就睡在一張摺疊的躺椅上，人稱第二座系圖書館，藏書之多，令人感佩，因為我想，那不知是餓了多少餐才換來的。然而，坐擁書城之樂，只怕是那些天天山珍海味的富賈們不易體會的吧！此外，圖書館、演講廳，也是我們追求知識的另一扇窗，只要願意打開，陽光與風都會進來，而智慧的芽苗便是這樣培育而成的。至今，我仍記得圖書館歐風的建築內，一冊冊凝聚先人無數心血的結晶，曾經伴我度過許多個不眠的夜。

似乎註冊的日子，最易讓人驚覺時光飛逝。上課時，你發現班上的每個人都是那麼可愛，校園的景色也突然間成為你筆下讚歎的對象。開始喜歡一個人靜靜漫步在花徑小道，聽音樂教室流瀉出來的鋼琴奏鳴曲，也會偶爾寫張小卡片表達你對別人的關切，像是成熟，像是長大，但一切又是那麼朦朧不真切。「聲韻學」的反切上、下字表，背得我們叫苦連天；詩詞習作則讓我們在翰香紙柔中，細細體會一個詩人的心情，李杜蘇黃，全成了鄰家的朋友，熟悉又親切；文學史伴著綿綿蟬聲，把我們帶進唐代山水中；莊子文心、左傳禮記，使我們的視野心胸壯闊大開。還有望幽谷的逍遙遊、復興山莊的共剪西窗燭，芬芳的友情如醇酒般，令人陶醉。西瓜盃排球賽、甘蔗盃躲避球賽，無名目的青春在烈陽下揮騰，每一球都結結實實地打在我們歡樂的胸膛，留下美麗而甜蜜的傷痕。

一到大四，在毫無防備之下，你突然成了家族中的大家長，社團學弟妹口中的「老骨頭」，走在校園裡，耳邊響起的盡是「學長好」，於是恍然大悟，這是杜鵑花最後一季的絢爛了。腳步不再悠閒，心境不再年輕。有時在一燈熒然下，你會為自己的空無所有而驚出一身冷汗，有時思考著浩瀚的歷史洪流，你會感到自己的渺小且汗顏不已，讀書，不再是為成績，而是給自己的良知一份交代。待朋友，除了相知相契，更多了一份敬重與砥礪。不必去細數，也能知曉鐘聲響了幾下，不必走過去，也彷彿能嗅到瀰漫在空氣中的梔子花香。

教學實習課，讓我們懂得身為一名教師的責任，及如何面對學生。在金華女中的三週試教，我們和那些活潑天真的小女孩，建立了融洽而難忘的「師生情誼」，從她們熱烈的大眼睛內所流露出的神采，我們終於肯定，紅樓四年提供給我們的，是紮實的自信與高度的熱誠，憑此，我們知道，昔日不解世事的少年，已是一隻羽翼豐滿、能獨立飛行的巨鷹，既高且遠。從前被人寵愛的大孩子，現在將站在講台上，扮演一位傳道授業解惑的好兄長。然而，當有了這份茁壯的勇氣時，我們卻沒有勇氣來面對四年同窗的一朝分離。畢業旅行時攜手共遊的快樂，已是道別的前奏曲，我們在青苑、大湘園、良友、地下餐廳，一次次的聚會，一回回的話舊，卻如何也挽不回那已注定的各奔西東。不捨的目光難掩揮手的淚影，紅樓小徑上也不再有我們齊吟詩詞的歌聲，多少的往事，都在鳳凰的火紅繽紛中，化作淚，化作祝福，化作一闋永遠傳唱的〈長干行〉——

是的，永遠傳唱，這樣的歌聲，在我的心海裡愈來愈響亮，愈來愈清楚，紅樓四年的笑聲，彷似有一股魔力，在召喚著我。教書的時候，一有機會我便回去，走走看看，像個滄桑的旅者，對著紅樓夕影發呆，即使是在南島服役，休假時若能搭車經過，我也必定會投以最深切最熱烈的凝望，向我美麗的紅樓，逝去的似水流年……

如今，我又再度站在紅樓的面前，縱然人事已非，縱然深深明白，昔日悲歡離合的故事將再上演，但是，我早已虔誠地願意接受這一次美麗的輪迴。

長干行

君家何處住？
妾住在橫塘；
停船暫借問，
或恐是同鄉。
家臨九江水，
來去九江側；
同是長干人，
生小不相識。

（唐・崔顥・長干行）

當學生證上蓋下第七個戳印，我才猛然驚覺自己已經大四。曲曲折折的一段路走過，回頭再看，只感前塵往事，物換星移。很多的東西一旦失去，就再也不會回來了，像歲月的痕跡，你只能在記憶中去尋找。

也是在大四，才珍惜起周遭的人事物。看著一張張活潑有趣的照片，班刊上一則則只有我們才懂的笑話，或是走在熟悉的紅樓鐘聲裡，輕輕唱起我們的系歌——〈長干行〉，那一刻，我才懂得，原來，思念朋友也會流淚。

於是，我寫下大一上學期因緣相會的發生，藉以獻給師大國文系七三級丙班的每一位同學，以及那段歡笑與淚水織成的日子。

1

不到六時我便醒來，看看寢室裡其他五個人都仍好夢方酣，才安心地繼續躺著。成功嶺六週的軍事訓練，經常五點半便被喊醒，然後在睡眼惺忪中拉整齊線，摺棉被，捏稜角，折騰得昏頭轉向，且能邊弄邊點著頭，逮空檔偷偷闔起眼打盹。只是，此刻我是再也睡不著了！因為今天是第一天上課呀！「開始」總是令人興奮和迫不及待，像一隻小蝸牛，正準備伸出觸角，摸索向一個嶄新的世界，也像鳴笛待發的舟帆，正載著滿腔的狂熱與信心，駛向美麗而不可知的未來！

三號床位臨近窗口，我偎在枕頭上望向窗外，女生宿舍已浴在微亮的晨曦中。幾許曙光不安分地潑濺進這間小小的寢室——一五三七室。我按捺不住內心的興奮，遂悄悄下床，開始把桌面仔細擦拭乾淨，幾本學姊送的課本端正擺好，然後看著新貼在壁上的功課表，滿滿吸了一口氣，不禁生起一股大志來，是初生之犢不畏虎的勇氣吧！我暗暗立誓：這大學四年，定要好好地過！像新生訓練時的輔導員說的「仰蒼芎一番鷹揚，圓成你的江湖！」我總會做出點成績來的，我相信。

攤開《未央歌》，我愛看宜宜在去年我生日時寫的：「願將雲南的風雨，昆明的陽光，沙坪壩上美麗如歌的年輕歲月，一併送給你。」

未央歌的世界總給我一種藍天澄澈，乾淨如雲的感覺。是有那樣好的一群人，在那樣偉大的時代，快樂而充實的活著。僅僅就為了那人，那生活，我便不由自主地入迷了。

先是絢爛耀目藺燕梅，像三生石畔的絳珠仙草植到人間，自生自長，麗質難自棄，有著幾分惹人憐愛的嬌稚，而其至情至性處，更是其他人所不及的。范寬湖的歌詞裡說：「你的美麗是天上的。」真是貼切極了。藺燕梅的光芒是不自知然又無法掩蓋的，她的大家閨秀氣質，最是表現在舞《但丁神曲》時的風姿無限。鹿橋形容得好：「她手臂兩手在頭上向空中和緩地迴旋著，如同從天空不可見的地方接到了什麼，又如同攀到了空中伸下來的那一隻援引她上天堂的手。然後那渴慕的眼睛忽然露出了滿足，怡悅的光來……鋼琴又是幕起時的鐘聲，一場虛驚如夢，一場美景更如夢，大家欣喜愉快，不知如何是好……」她是每一迴旋，都有著盎然的生機，叫人如見春天潮濕地面上突然冒出的新芽，驚喜中又有份讚歎！

比之藺燕梅，伍寶笙有如小家碧玉，但卻嫻靜淑雅無半點小家子氣。性情乖巧，人緣好，是個溫柔的大姊，照顧著弟弟妹妹們一天天長大。她的人是種安定的色調，從從容容的與人無爭，且總是在一片混亂後收拾殘局。至於小童，則有B型人的迷糊，不拘小節，彷彿頑皮的小弟弟，整天咧著嘴開心地笑，卻又一步一步安穩的走著。他對大宴說：「你是凡人，我是詩人！你補襪子，我不穿襪子！」叫人好氣好笑，奈他不得。也許就算打破碗盤，他也是吐吐舌頭的好玩。然而他是愛這個世界的，他養小白兔、鴿子、種花，與一草一木自然相親而毫無距離。其實，《未央歌》的世界原就是一個愛的世界，即便是活得很辛苦的大余，他的固執正經也是種愛，對家國時代的大關愛。

我最心喜的，便是那昆明十月的陽光與走在藍天下，一個個意興風發的年輕學生，他們輕快而踏實的步伐。一切一切都是單純的美好，一如窗外漸漸甦醒的晨光正一寸一寸地照進來。

二號床的國仔翻了下身，猛的醒過來，我朝他笑笑，他怔了一會，恢復清醒後，才回我赧然一笑。

班上只有四個男孩子，這在國文系是常有的現象。一年級的新生都被分置在宿舍的五樓，我和國仔同一班也是室友。他來自高雄，有一頭自然捲的短髮，笑容中仍帶著三分的幼稚。初初給我的印象，是豪爽且有一顆熱心腸。新生訓練時，我臨時找不到白襯衫可穿，他就從衣櫃裡找出一件跟他身上一模一樣的白襯衫遞給我，有些不好意思的說：「工廠的制服啦！」我向他道謝，他很快的說：「不謝啦！」然後抓了抓頭，又有些不自然地開口道：「哦，對了，叫我國仔就可以了，以前他們也是這樣叫我的！」

他說話有閩南人慣常的腔調，但他一直試圖避免。鼻樑上一副五百多度的近視眼鏡，使他看起來，書卷氣多於江湖氣。他似乎頗有幾分才情，一把吉他斜斜倚在書桌前，幾本詩集凌亂地擺著。

他醒後不久，其他人也紛紛起床。大家似乎仍存有成功嶺上的機警。隔壁一五三五寢室，突然有人唱起〈成功嶺之歌〉，七點鐘不到，整間寢室鬧哄哄地直敲直吼：「國旗在飛揚，聲威浩壯，我們在成功嶺上——」配上口令、動作，極富戰鬥氣息。然而這樣擾人清夢的舉動，卻沒人制止，反倒引起了大家的共鳴。太熟悉的歌聲了，嶺上每日都得唱上好幾回的。雖然在嶺上巴不得早早結訓，但一旦變回了老百姓，卻又不禁懷念起軍中生活的點點滴滴。曾經詛咒過、汗流浹背過的日子，都成了記憶中的一份美好，而每每要拿出來回味咀嚼一番。

於是，像共過患難的默契似的，每間寢室都有人在吼唱著軍歌。很多人拿著臉盆去盥洗，也是一路「雄壯——威武——嚴肅——剛直——」的打著數，把這一日的清晨喧騰得虎虎有生氣。

也許，大家都知道，今天——民國六十九年十月九日，是我們進師大，第一天上課的日子。為這不平凡的日子，一切的胡鬧似都成了理直氣壯。

上書法課的簡老師也說了一些激勵我們的話。他說：「奮鬥未必能成功，但奮鬥的過程卻是可貴的，證明了自己一生是充實的，並未對生命交白卷！」、「得志了，皮包要能拿；失意時，鋤頭要能扛，方不失為好漢！」意味深長的一席話，句句是對我們的期勉。

然而，最吸引我的，還是班上一張張陌生的臉孔。每個人都有初臨新環境的拘謹不自然，但是生澀的笑聲裡，一股難抑的喜悅，滿滿的，不小心便要溢出言表。

開學的第一天，每堂課我都是如此偷偷地打量著這些未來四年的同學，而覺時光飛逝。

2

很快的，我們幾個班上的「少數民族」，在「疾弱相扶持」的原則下，國仔、阿發、胖子李和我，便成了班上「女同胞」口中的「四大寇」，出生入死，形影不離。這是由於我們都是本地生，而且彼此志趣相投，才能很快混得廝熟。國仔喜歡余光中與楊牧的詩，阿發是建中校刊的編輯，胖子李則是高中起便向報刊發表小說，均對新文藝有一份熱愛。進國文系，都是懷了高遠的抱負與理想。

常常，我們聊到深夜一、二點，或許是成功嶺上的糗事，或許是過去的感情世界，偶而也對班上的女同學評頭論足一番，但談得最多的，還是對文學的種種看法。有時興起，便關起門來，一壺濁酒，暢談文章千古事。國仔的酒量好，杯底從未飼養過金魚，胖子李也是仰起脖子，一乾而盡，毫不遜色。阿發則是一杯下肚，頓成「紅臉關公」，直嚷「酒逢知己千杯少啊！」

國文系學生愛喝酒，似乎已成了一種傳統，每個人多少都能喝上幾杯。系上許多教授也嗜此杯中物，也許是對詩仙的「斗酒詩百篇」心嚮往之吧！所謂「吾愛李太白，身是酒星魂。口吐天上文，跡作人間客。」能在詩箋上留幾點酒香，也該是極為灑脫的雅事！

淵明以來，文人與酒便結下不解之緣。到了李太白，更是飲酒成了仙，理直氣壯得叫天地也奈他不得。他在〈月下獨酌〉中便豪興寫到：「天若不愛酒，酒星不在天；地若不愛酒，地應無酒泉；天地既愛酒，愛酒不愧天！」而〈將進酒〉中，則有詩人的另一番心境：「……人生得意須盡歡，莫使金樽空對月……烹羊宰牛且為樂，會飲一須三百杯……鐘鼓饌玉不足貴，但願長醉不願醒。古來聖賢皆寂寞，唯有飲者留其名……」這豁達的感悟，總令後人淺斟小酌中，低吟不已。想來李白也是不寂寞的。

教樂府詩的汪老師，便是系上喝酒出了名的。有回上課提到喝酒對他而言是：「人家都說，喝酒傷肝，但我若不喝酒，我會傷心！所以有機會，我還是要喝！」這也是強大霸道得一如李白。汪老師說著一口濃重的湖南口音，聽來備覺親切且能牽動起思念故國家園的深沉心情，有人便是愛聽他的聲音而專程來旁聽的。而我也真是喜歡他口中樂府詩的世界，那是一個活潑風光的人世，清揚而安穩，如陶銅上樸實厚重的線條刻痕。

「江南可採蓮，蓮葉何田田。魚戲蓮葉間，魚戲蓮葉東，魚戲蓮葉西，魚戲蓮葉南，魚戲蓮葉北。」

兒時唸過的課文，如今再讀，熟悉中又有遙遠的童年記憶。操場上盪鞦韆，相思樹下粘蟬，河裡捉螃蟹的日子，曾幾何時，都成了心中一幅幅褪了色的版畫，模糊不清了。似水的流年，如戲蓮葉間，一逝而永不復回。唸完心中一驚，久久無法知覺自己已是個坐在知識殿堂裡的大學生了。

〈上邪〉讀了，當下動容得泫然欲泣。如此一篇偉大的愛情誓言，濃烈而不浮誇，純情極了！「上邪！我欲與君相知，長命無絕衰。山無陵，江水為竭，冬雷震震夏雨雪，天地合，乃敢與君絕。」可想見一女子貞烈莊嚴地向著她的愛人盟誓，一字一句肺腑中掏出，帶幾分嬌羞，幾分期盼，但更多的是對自己的自信與對愛情的堅定不移。這情是絕對的高亮亢烈，可對天地日月而無愧。

汪老師是個性情中人，偶而讀了會心，自己會呵呵先笑起來，那一刻，他就成了一個老小孩，成熟中有幾分天真稚拙。一首漢樂府：

「有所思，乃在大海南。何用問遺君，雙珠玳瑁簪，用玉紹繚之。聞君有他心，拉雜摧燒之。摧燒之，當風揚其灰。從今以往，勿復相思。」他念著念著，老愛在「拉雜摧燒之」上頭打轉，笑笑地說：「真是傳神啊！」幾句話便道盡千年來世間年輕女子曲折的心事。朝思暮想的意中人在遠方，於是將雙珠玳瑁簪用玉纏繞，小心翼翼地藏進內心密密的相思，想著千里迢迢要送給他，忽然聽說他竟有二心，便立刻翻臉，拉之，雜之，摧之，燒之，再往風中一揚，把這恩情來斷絕！一場轟轟烈烈的愛戀，就此隨風揚灰，還諸天與地，不再相思！我讀來不覺心酸，反覺熱鬧好玩，這才懂得了原來千年前的先民們，也是和我們一樣的。

還有一首長長的〈孔雀東南飛〉，是和國仔在宿舍六樓的陽台上背的。陽台上有九重葛牽牽扯扯攀在鐵架上，我們搬了椅子，鐵架旁靠著。午後的陽光會從細縫中金碎碎地篩下來，一點一點在字裡行間跳動著。乾乾涼涼的風吹來很舒服，我們背背停停，一下子跑去看師大路底下熙攘來往的人群、車輛，一下子支頤托腮望著好遠好遠觀音山起伏的稜線發呆，不然就是啪啪啪衝下樓去，提兩瓶黑松，再驚天動地的衝上來，然後拿起吉他唱〈秋蟬〉和聲。累了，倦了，才拿起書來，孔雀東南飛，五里一徘徊。十三能織素，十四學裁衣，十五彈箜篌，十六誦詩書，十七為君婦，心中常苦悲……然而闔起書本，我是一點也不悲苦的，因為有陽光，有風，有歌，有朋友，而且日子又正當年輕！

3

我和宜宜看完《東京假期》出來，西門町已是一片車燈人海，廣告招牌上的霓虹燈，紅綠藍橙變化多端，夜裡燦燦亮亮的很耀眼。坐上十五路公車，隔著車窗往外看，我們都有一種恍如隔世的感覺，自然的想起了片中熱鬧繁華的東京街頭。那是一場怎樣的戀愛啊！一個王子，一個遊覽小姐，兩人偶然的邂逅，自然的生活在一起，並肩走在斕漫的陽光下，走著走著，有一首歌悠悠渺渺地揚起……波光瀲灩的海，富士山頭燦紅的落霞，離離青草上的追逐、相擁，每一日，每一刻，都如紙窗上映現著的幾株櫻花枝影，真實而美好。只是，這一樹恣意綻放的櫻花，卻因街旁電視畫面偶然的一瞥而繽繽紛紛地一刻落盡！原來這愛著、戀著、也學自己穿起和服的男人，竟是英國領事館正急尋的皇家王子，這一瞬間才知是場夢！一場沒有結局的夢！當兩人再度相逢在東京街道時，只能淡淡的互望一眼，依然如昔地唱起七天前相識時的那首歌，一任窗外東京夜晚流麗燦爛的燈光無聲地眼前閃過。是唐明皇與鳳姐的故事吧！「一瞥驚鴻影，相逢似夢中。」比起《櫻花戀》，這要感人多了，《櫻花戀》中馬龍白蘭度的一句「莎喲哪啦」是有缺陷的圓滿結局，流了血的。而《東京假期》則叫人看後喟惜中更感知一分美，雖只七天，卻讓人想到一生一世。

宜宜低聲哼起片中的主題曲，黏膩深沉的嗓音，我聽了格外心傷。是想起我們之間的事吧！高三起我們就熟識，只是一直淡淡的，像老朋友。後來同進師大，男女生宿舍只有幾步之隔，但彼此間也沒多大變化。我深知自己愛戀著她，她給我勇氣，一種快樂的希望，第一次我懂得什麼是為別人而活，如何去關心一個自己心愛的人。可是，當我們相處時，卻都是閒閒的聊同學、功課，談家庭中的瑣事，甚少談到我們的感情，她似乎避免扯入這話題，而我也從不敢想肯定什麼，深怕一旦說開，反使我們既有的友誼結束。一年多來，我就是把這樣的一份猶豫與痛苦埋藏在內心深處，在每回見了她之後，在每個想念她的時刻。

認識宜宜，是在高二的校刊編輯會議上。我擔任社長，她是編輯委員。編輯委員共有三十幾個，然而偌大的會議室裡，我一眼便注意到她。倒不是因她外表美麗出眾，而是有一股莫名的氣質，眾人擾攘裡，我獨見她如一株潔白水仙，默默地生長著。後來在校刊辦公室工作，她負責校對，也總是抿緊了嘴，安安靜靜地坐著，一篇篇文章手裡翻著看，臉上一派溫馴柔靜。每回抬頭看她，只覺驚艷而不敢多看一眼。副社長閒聊時對我說：「噯，怎麼樣？宜宜很有氣質的哦？」一臉急切地要我認同，我偏是不動聲色地「嗯」一聲，彷若事不干己。

她在的日子，整間小屋都開朗亮麗了起來，我會仔細盤算著如何動腦筋去買點零食來「犒賞」大家——其實是獻殷勤。但她若有課不能來，我便悵然若失，提不起勁來。這轉變使我困惑，我不知自己是否已「愛」上了她？否則為何她的一言一行如此強烈的影響著我？這疑問盤旋在我心中，但我不曾認真地去深思，因為高中時的奮鬥目標只有一個——考大學，其他的均屬次要，這是每一個老師再三強調的。尤其是，談戀愛，老師們更是如臨大敵，深惡痛絕地說：「碰不得！」否則「下場」必然可以預見——落榜。於是我有點後悔，不該認識她，她使我平靜的生活起了波動。隨著校刊工作的結束，我決定暫時擱置這份遙不可及的感情。

但是，班上同學小周，頻頻向我打聽她在校刊編輯室的情形。小周是班上第一名的高材生。我由於編校刊，又兼學藝，成績老落在十名外。尤其是數學，導師知我工作繁忙，從不阻止我不上課，於是一學期下來，連sin，cos都常搞混。而宜宜則是女生好班中的佼佼者。每次月考後，我拿著週記簿要送到老師辦公室的途中，總會看到成績公佈欄上，她的名字高高在上地掛著，而旁邊則是小周的鼎鼎大名，櫥窗玻璃內相互輝映，光采奪目。那時我會感到自卑。如赫塞在《車輪下》書中的一句話：「他覺得自己好像是個初戀的青年：實踐著偉大英雄的行為，卻沒有能力履行日常的無聊乏趣的功課。」每每我要低下頭疾疾走過。

小周的動機愈來愈明顯，他甚至拿宜宜回他的信給我「瞄一眼」。升高三的暑假，我慎重地幾經考慮，決定「不能坐視這種情況的發展」，遂燈下伏案，認真的寫了一封信，希望和她做朋友。不料石沉大海。我不氣餒，再投第二封又杳如黃鶴，我開始陷入自己一手造成的痛苦漩渦裡。整個暑假過得頹頭喪氣。到快開學的前夕，我痛下決心，要好好用功讀書，也許，功課可以使自己在情感的挫折中掙扎出來。於是一個人搬到樓上的小閣樓中，開始「懸梁刺股」。只是，開學後出任班長，使我的計畫又受到阻礙，第一次月考下來，還是慚愧地不敢走公佈欄前的走廊。

後來，在幾個知心好友的「面授機宜」下，我又鼓起了勇氣試圖接近她。聽說她到一個數學老師家補習，我也和班上幾個同學去報名；同學情報來源顯示，她放學經常留在圖書館唸書，於是我也早早便去佔位置；好幾個寒風刺骨的冬晨，我走到她家附近的站牌下等她，半小時的路程，風吹雨打的滋味並不好受……次數多了，情勢便有轉機，也許是我的一片癡心打動了她吧！我們很自然的在一起。我是司馬昭之心——路人皆知，但在相處時，我們都純是討論功課，互相鼓勵。為此小小的進展，我已深感滿足而專心準備功課。不久，我便和她、小周鼎足三分天下，在閃閃發亮的玻璃窗裡一起接受其他同學羨慕的眼光……

4

康樂股為了增進同學間的情感，提議玩「小天使」與「小主人」的遊戲。每個人抽籤，抽到「小天使」的人一學期裡要暗中照顧「小主人」。這遊戲有個原則，就是絕不可洩漏身分。大家聽了都興致勃勃地暗暗期盼能抽到自己心目中理想的對象。我抽到的是宇珍，一個來自北一女的乖女孩，高高瘦瘦，有一頭長髮，是班上年紀最小的。回到寢室，幾個男生顧不得什麼原則，立刻湊在一塊，得意地說出自己抽到的「小主人」是誰，然後開始策劃一連串的「陰謀詭計」，準備好好「照顧」小主人一番。

胖子李點子多，想到發行一份「天使快報」，由我們四個臭皮匠聯合執筆，每週一張，向我們的小主人「傳情」及「達意」。此構想一則別出心裁，二則磨練文筆，立刻四票無異議通過。當下回到各人寢室埋頭寫稿，一人一篇。第一期快報的標題是「為少數民族請命！」建議班上的女孩們能賦予男同學們投票時，擁有一人三票的權利，並請勿「欺負弱小」。晚上熄燈後，各人拿著稿子到地下餐廳討論、謄稿、畫插圖，最後並舉行小小的「殺青儀式」——每人一碗陽春麵，雞爪二隻，豆腐乾四塊。大碗的蛋花湯四人喝。第二天早上拿去「印刷」——其實是影印，再用信封小心裝好。下午上課時拿到教室去，慎重其事地交給小主人們。由於是集體的方式，她們並不知道究竟誰是誰的小天使。這「天使快報」一問世，果然轟動，女同學一時交頭接耳，議論紛紛。過了二天，班長怡樺鄭重宣佈：我們——國一丙的女孩子，絕對尊重男同學的意見，這立場是嚴正而無庸置疑的。至於一人三票的請求，因於法無據，礙難照辦，請男同學們務必要諒解……班長唸著手上擬好的演講稿，自己忍不住笑了起來，我們幾個寶貝更是底下格格偷笑不已。其實是好玩的心情，並不是真想爭些什麼，勞駕她們如此發表嚴正聲明，反倒自覺不好意思。

這獲得的初步回響，我們認為滿意，決定持續出刊，並假成都川菜館隆重舉行「創刊酒會」。四個人煞有其事地舉杯互祝「飛黃騰達」。酒足飯飽後，一路唱著歌兒回宿舍。

其後陸續出了四期，分別是「自我介紹」、「樹立國文系的新形象」等，「篇篇精彩」，「印刷精美」，於是在大家的要求下，擴大篇幅，最後而有班刊的產生。

這段「篳路藍縷」的心路歷程，其間草創的欣喜愉悅，只有親自走過的人才知曉。我慶幸自己能有這麼多的好朋友，共同讀書，共同生活。佛家說：「今生偶然的一個照面，不知前世有多少香火因緣。」我心悅誠服地領受。仔細尋思，這個小小的班級，有的人來自中部，有的南部，更有的從香港、澳門、韓國、馬來西亞遠渡重洋，迢迢至此，在未來的四年內，朝夕相處，筆硯相親，這之間真是有大緣份在！所謂「同船共渡，五百年修」，前生的約會，今生來赴，怎能不好好珍惜這難得的千里相會呢？

5

班上又多了一個男孩子。我們叫他大龍。

上中國通史課前，被慫恿上台做自我介紹。他有些戰戰兢兢地先在黑板上用一種獨特的字體「畫」下他的大名，台下頓時有人竊竊私語。我朝胖子李聳聳肩，他皺皺眉頭，臉上一絲不解的苦笑。仔細觀察一番，十足是個四肢發達的魁梧大漢，很令人納悶他那一手纖細的字。

他謹慎地朝台下看看，開始說明他轉系的經過。原來還是美術系的呀！叫我好生詫異他粗獷外表下竟也有一顆縝密的心。他好不容易如願考上美術系，卻因色盲而體檢沒通過，故轉到國文系。他說了幾句後，逐漸口若懸河起來：「我覺得國文與美術的關係非常密切，像書法啦、國畫啦，都需要文學的素養與薰陶，才能掌握其中的精神、意境……」兩隻手上下生動地比劃著。直到老師進來才在掌聲中匆匆下台。老師倒也風趣，劈頭就說：「怎麼，鼓掌歡迎我是嗎？」大家嘿嘿笑了起來。

中通老師姓王，一個年逾五旬的慈祥長者，寬頭大耳的全是福相，極難得的有一副悲天憫人的心腸。一回提起「愛愛養老院」，說到施院長當初是如何的節衣縮食、胼手胝足地成立養老院，一家人不分晝夜地照顧孤苦無依的老人時，眼眶中有晶瑩的淚水在打轉。尤其提到一些高中女生犧牲假日，去陪他們聊天，解除老人們心中的寂寞時，竟一時哽咽得說不出話來，揚揚手，背過頭去面向黑板，久久。那時每個人都被老師的神情感動得低下頭去，下課後依然陷在感傷的氣氛裡。我心中一片慌亂，像小學五年級，校長屆齡退休，司令台上說著說著掉下眼淚來，我們只能怔怔看著，惶惶然不知如何是好。也許是一向習慣了偽裝自己的感情，一旦碰上毫無掩飾的真情流露，便要手足無措了？

晚上高中的死黨吳從板橋來，因為開學後就很久沒見到他，我高興得打開話匣子，滔滔不絕地說起大學生活的趣事來，可是校園裡走走談談，發現全不對勁！他失戀了。

坐在禮堂前的台階上，他激動得語無倫次，臉紅紅的，看著很嚇人。一支煙左手右手無意識地換來換去，偶而想起來，猛猛吸一口，又狠狠地吐出大片大片的煙霧，像是直要把心中的愁苦、悲憤全給嘔出吐出！我訥訥的不知如何安慰他是好，覺得說什麼都是多餘，只陪他一起坐著，看地上飄落的黃葉風一吹嘩嘩地漸漸遠去。天上一輪明月大大圓圓的，照著我們台階上扭曲變形的黑影子。

我們一起到在師大附近租屋補習的阿錬、傳富處。

高三時，我們一群死黨，唸書在一起，生活在一起，有人功課退步就群起而「鞭策」之，有樂事就一起捧腹大笑，所以即使是在聯考的壓力下，我們依然擁有奢侈的朋友之情。如今，風流雲散，天各一方，再見面，竟是如此！他們兩人聽後也不勝唏嘘，然而一如林花謝了春紅，是怎麼都無法挽回了。

阿鍊到外頭提了半打啤酒，一些小菜，四個人無言地喝著。吳一杯一杯的猛灌，我們也不阻止，此刻，真能夠大哭大醉一場，也該是種幸福吧！世間情之為物，原是可以讓人生死相許而終不悔的。

屋裡昏昏暗暗的燈光，讓人覺得一切是那麼淒涼與無可奈何。傳富那台破舊的收音機裡，一個女歌手正用沙啞的嗓音幽幽唱著〈抉擇〉，轟隆轟隆的雷雨聲中，我看到吳編織了二年的美夢被無情地打醒！幾點濁黃的苦酒從他嘴角輕輕滑過，落在地上紛紛碎了……。

6

十月了。雲層高高濶濶，風涼涼的撩著人，天空一片光亮明淨。是秋天，是秋天呵！鄉愁的季節。

國音老師定也感知了秋的流轉，否則怎會一反往常，突然眷戀地說起那往日祁連山下的故事？青海青，黃河黃，更有那滔滔的金沙江，雪皓皓，山蒼蒼，祁連山下好牧場。這裡有成群的駿馬，千萬匹牛羊，馬兒肥，牛兒壯，羊兒的毛好似雪花亮……雪花亮啊！放羊的小孩，飛馬上長鞭揮舞，奔馳成翩翩少年，黃昏的大草原上縱情地放歌……唱著唱著，那一日，敵人打到了我的故鄉，我便失去了我的家園、家人和牛羊………是秋天呵！青海、北平、南京、上海，一路沒命地逃，越過了長城，渡過了長江，而家鄉的爹娘啊，還在山水的那一端………而後也是秋天呵！夜深忽夢少年事，鄉愁總是在夜裡流進不眠的夢中，落絮飛花，燈殘被冷，夢中重返金陵，重返那陰山旁、黃河畔的千里草原上……

我定永不忘，那回讀《異域》時心中的激盪澎湃，一頁頁快快的翻，快快的翻，我要快快看到反攻大陸的那一刻，那神聖美麗、每一個中華兒女都可以棄生死於不顧的一刻！

國音老師畢業於國防醫學院，但寧願放棄高薪的工作去讀台大外文系、師大國文系，而致力於教育工作及藏語的研究。他待學生如子女，有個女孩上課一直咳嗽，他會開張藥方悄悄的放她桌上；期中考卷上他會寫一些親切鼓勵的話，讓你覺得分明是封溫馨的家書；學生吃速食麵，他更是極力勸阻，處處為我們的健康著想。也因此，每回在公眾場合出現，他獲得的掌聲總是最大最多。聯誼會每年都以他的名義舉辦一次躲避球比賽，只因我們都是真心地敬他、愛他呀！

他上課頗風趣，常常「恐嚇」學生，其實嘴硬心軟。有一次他要我們回去唸書，若上課問到不會的，便要叫到講台上去跪，並且「絕不客氣」！按照優良的傳統，男孩子優先。當下聽得我們幾個得寵的男弟子心驚肉跳。下次上課前，一個個先到教室去把講台上清洗打掃一番，候他大駕光臨。當然，他問了。果然，我們也不會。這下他反倒為難了，對我們搖搖頭說：「表現給女孩子看看嘛！」然而阿斗還是阿斗，他只好說：「男兒膝下有黃金，跪不得的！」把我們唬得一身冷汗。

一回提到閩南人常把「我」字念成「ㄛˇ」，詢及國仔以為然否？國仔不思索便胸有成竹地說：「『ㄛˇ』就不會！」大家笑成一團，老師只有一旁哭笑不得。這些趣事，相信好多年後，我們仍會記憶猶新的。

結束笑聲不絕的國音課後，女同學們便要開始裝得道貌岸然地準備上另一堂課——英文。理由無它，蓋老師是單身教授也。偶而提起孤家寡人的寂寞，她們聽了心裡便怕怕。上課時，男同學總坐在最前面一排，一聲「起立」後，五個人與老師大眼瞪小眼。第二排是無人的「安全地帶」，第三排後才有藝高膽大的女孩坐著。其實他人蠻好的，而我們也非存心如此「排拒」他，說穿了，都只是一種好玩的心情而已。大一的新鮮人，都還是稚氣未脫的小孩，愛把芝麻小事也渲染得嚴重起來。有男孩對她們殷勤些，總要心裡猜疑個老半天。

倒是男孩子與他「私交」不錯。下課後常陪他走廊上聊天，而他也會語重心長地告誡我們：「人還是要結婚才應該，一個人的天空總還是有缺憾的。當初都怪眼光太高，今天才過著獨來獨住，看似瀟灑、其實內心空虛的生活。」這番苦口婆心的提醒，我們聽了心裡是完全安然，畢竟，我們還年輕，二十歲都不到呢！婚姻，是件太遙遠也太累人的事，我是寧願自己不去想它的。

但是，我還是會想起宜宜。走在潮來潮往的人群裡時，我總是只想到她一人，想和她並肩攜手走這一生的長路。一天的傍晚，和她坐在沙崙海水浴場的沙灘上，滿天燦爛的紅霞，我輕輕抓起一把細沙，再從指縫間無聲地漏下，波波潮水一上一下地刷洗著無垠的海灘，來了又去，去了又來。在蒼天與海風中，她的長髮飄起，定定望著迷濛的海天一線。我不知道那一刻她在想什麼？海告訴了她什麼？她是否會想到愛情、婚姻？還是什麼都沒有，只是看海面上花花粼粼的閃著金光，天上一群群鳥呱噪呱噪地飛來飛去？我不知道，自己能否在時間之流中抓住一粒細砂？我不知道，真的不知道。

7

明天期中考，國文及國音口試。我端端正正地坐在書桌前看《豳風．七月》，唸了一會，忍不住又把書架上張潮的《幽夢影》拿下來。這雖是一本「閒書」，然而閒得真有味道，原是可以風吹那頁看那頁的，可是一讀得起勁，便實在捨不下。像以前讀《密西西比河上的生活》，夢中便有河上嗚嗚不斷的汽笛聲，伴著童年一個個彩色的憧憬，使人忍不住想丟開一切，也學馬克吐溫，做個密西西比河上冒險的掌舵人。

《幽夢影》中，每於張潮言後，必有「好事者」或評或感之語，唇槍舌劍，你來我往，鏗鏘殺出一個熱鬧別致的天地來，讀後每每要人學金聖歎的道聲：「好！」如張潮說：「人須求可入詩，物須求可入畫。」龔半千便接口道：「物之不可入畫者，豬也，阿堵物也，惡少年也。」真是張潮的心腹。又有個石天外後面急急說道：「人須求可入畫，物須求可入詩。」也是不讓前人。最妙的是張竹坡，偏不老實，要把話給倒過來說：「詩亦求可見得人，畫亦求可像箇物。」反得也自有令人有會心處。又如：「春雨宜讀書。夏雨宜奕棋。秋雨宜檢藏。冬雨宜飲酒。」知雨者莫若是。「善讀書者，無之而非書，山水亦書也，棋酒亦書也，花月亦書也。善遊山水者，無之而非山水，書史亦山水也，詩酒亦山水也，花月亦山水也。」畫中有山水，山水皆為書，方為真善讀書，真善遊山水之人。好玩的還有：「雨之為物，能令晝短，能令夜長。」、「痛可忍而癢不可忍；苦可耐而酸不可耐。」、「蛛為蝶之敵國，驢為馬之附庸。」、「求知己於朋友易，求知己於妻妾難，求知己於君臣則尤難之難。」諸如此類，所發者皆未發之論，所言者皆難言之情，寥寥數語，便道盡人生百理，實不能不佩服作者之才分及其感悟之深刻。只不過，像這樣一本活生生、有趣味的書，還是有些人視之為

「玩物喪志」，文章小道，而此類文章尤不足觀，我是每見人露鄙棄之神色，心中便不禁要為他難過，想他一生是有好多事不能懂了。

晚上熄燈後，大家仍在走廊上各佔一角，繼續「衝刺」。小小的走道，熱鬧得像市集。其中最具特色也最緊張的，莫過於在準備國語語音學的僑生了。飲水機旁的燈光下，認真地ㄅ、ㄆ、ㄇ、ㄈ唸著，呵欠連連，一副苦不堪言的模樣，很令人同情。同寢室有一馬來西亞僑生阿保，還有香港僑生阿彬，一點了，還在外頭「奮鬥」。

記得剛開學那段時間，熄燈後，大家躺在床上聊天，我總愛央他們講僑居地的事。因為打從小時候第一次自己走路去上學的「壯舉」後，我便覺得自己勇敢得可以像這樣走遍世界。那時心裡想著的，是好遠好遠的台北。隨著年齡漸長，我的心願也不斷改變。國中很嚮往劍橋，可以躺在暖暖陽光下，康河旁的青草地上，看大人小孩騎著單車悠哉悠哉地逛著。這是受了徐志摩的魔力所致。接著想去羅馬，因為有奧黛莉赫本、葛雷哥萊畢克在那兒。後來只想去美國，因著「小巨人」中的一句話：「只要風吹草長，天空有藍色，土地就永遠屬於他們的。」當班上的韓國僑生送了一些艷紅的楓葉給我時，我又改變心意，想去韓國看楓紅層層。一直是這樣，想到處亂跑，浪跡天涯，像三毛。

阿保會告訴我們馬來西亞的很多事，聽來十分有趣。他說：「馬來人最大的特徵就是皮膚黝黑，眼睛圓大，一般皆為雙眼皮，牙齒潔白。

夜晚就寢甚少蓋被，早上起床就洗澡。他們嗜好親自製作以水果為原料的馬來糕、咖哩、沙嗲、沙拉、摩摩查查等，都是馬國聞名食品。記得好幾年前，英國女皇來訪，久聞沙嗲（牛肉烤火）盛名，特地在那兒大事舖張，品嚐其美味，致使當地留下了沙嗲美名。」

「馬來人待客熱情處很特別，逢年過節送食品給相識的華人好友時，若以紙張膠袋包裹，則表示不必以禮回之。若以大盤小盤、大鍋小鍋裝於大籃小籃中，則須以禮回之。到他們家作客，若以飲食招待，必須嘗之，否則會被認為不賞臉而生氣。」

「馬來人另外有個嗜好，就是養貓、養猴子、養馬來鬼、下降頭。養貓常摟抱在身上像洋娃娃般的疼愛。養猴子可以幫忙抓頭蝨，爬樹採椰子。養馬來鬼及下降頭，是屬於女巫、魔師的專長，他們專找得罪主人的仇敵。馬來鬼養在瓶子裡，專門利用來偷錢，記得報上曾拍下他的照片，身體像小孩一樣胖嘟嘟的，臉孔則像妖怪，兩根長牙露出在外，會跑會跳，變化莫測。據說偷來的錢，主人得馬上花了，不能藏留，否則對主人不利。馬來降頭陷害的對象往往是仇敵或情敵，一張照片或那個人使用過的東西都可以做為施降之用，很恐怖的喲！」

我們縮在被窩裡，聽了心裡直發毛，想到許多恐怖電影中的魔法，不禁鬼叫起來，但仍不放鬆地問阿保：還有沒有？還有沒有……

阿彬則是愛談香港的電視劇。唸書時也是一台小收錄音機，羅文的〈小李飛刀〉百聽不厭。以前對香港的印象，是鄧麗君的〈香港之夜〉。歌聲裡，港口有點點閃爍不定的漁火，霓虹燈燦爛繽紛地點綴這顆東方之珠，一對對情侶香江河畔拍拖著訴說情衷，很令人神往的情調世界。可是阿彬口中的香港還有另一個世界：由於港島地狹人稠，一屋難求，往往一家人吃飯、睡覺、唸書都是在一個個鴿子籠式的房間裡。他說：就像我們寢室這麼大而已！我聽了訝異中有份悵然，想自己倒也天真得可笑。

走廊上的喧嚷隨著夜深漸漸沉澱下來，國仔已在床上呼呼入睡。他們二人還沒進來。我覺得好睏、好累，也睡了。真希望夢裡能跋山涉水地飛過劍橋、羅馬、美國、香港、馬來西亞……就是不要夢到明天第一節在普二一七教室的國音考試。

8

盼了好久，我們的小主人終於來信，邀請我們聚餐。我們樂得眉開眼笑，奔相走告，總算這數月來的「默默耕耘」有了「實質的回饋」。

十個人佔了稻草人餐廳的一角，吱吱喳喳的七嘴八舌，套句廣東話是：「口水多過茶」，嘴巴都精疲力盡了。有個大發現，我的小主人與小天使竟是同一人──宇珍，這真是「姻緣天注定」──她們說的。

第二天我們又收到她們送的圍巾，寢室裡別班同學都羨慕死了，直說：「哇！你們班的女生對你們不錯哦！」聽來心中暖暖的很是得意，圍巾繞在脖子上久久不願解下。阿發說：「早知道有這一天，當初就該多照顧她們些。」

由於寒流來襲，天氣極冷，光是圍巾不夠，我和國仔、胖子李便在師大路上買了棉襖。第一天亮相，女同學便說：「這些男生，愈來愈國文系了。」

師大路一向攤販雲集，形形色色的人都集中在此，所以時常有很多「超水準的演出」。偶而路過，常會忍不住駐足觀看。有一個大拍賣的中年人，留著兩撇小鬍子，天生的喜感人物。一手捧著花瓶，一手則誇張的將鐵尺高高舉起再狠狠往桌上「啪」的一聲，然後朝著你，一臉正經的問道：「喊下來！幾百萬！」惹得圍觀者大笑不已。我們常常在吃飽飯後去聽他「演講」。一隻寶劍賣了一千三百五，他還直呼：「我在中山北路賣二千呢！」國仔看中一個望遠鏡，一百五成交，回到寢室，喜孜孜的用它從窗口繼續看大拍賣，邊看還邊喊價呢！

還有一個賣成衣的年輕小伙子，英語、日語、台語都琅琅上口，夾雜著生動有趣的廣告詞，四周總是站滿了人。他頗曉得心理戰術，喊出一個響亮的口號是：「我愛師大！不愛台大！」師大人來買打七折，台大人八折，淡江則是九折。在競爭激烈的師大路上，始終是響叮噹的金字招牌。有一回他似無限委屈的說：「上次中視的《六十分鐘》訪問我，說我是『超級攤販』，又說經濟都是被我搞壞的，把我批評得一文不值！各位Ladies and gentleman，各位衣食父母，此話當真嗎？」他的嘴巴張得老大，驚訝的表情，好似真有那回事。不過，這些噱頭使他的生意興隆倒是真的。

這一陣子，國仔的心情很是低落，據說是為了班上的絜。也不知是有心還是無意，開學至今兩人蠻有得聊的，可是最近似乎變得疏遠了。也許是彼此都未曾真心地打開天窗說亮話，以致曲曲折折的橫生枝節。絜來了一封信，是因輾轉得知國仔的情緒欠佳而「來函致慰問之意」。然而不知是落花無意，還是流水無情，國仔顯然有著深深的困擾。晚上在寢室與胖子李聊天，扯到這問題，最後竟激動得將吉他往牆上奮力一砸！弦斷琴毀。我們都愣住了，他卻說：「這沒有什麼，沒有什麼。」

以後的幾天，他的情緒一直起伏變化著，抽煙、喝酒、沖冷水，這些不尋常的舉動，看了很令我們難過，卻又無能為力。但是，我們也都相信，事情總會過去的。寫完日記，他忽然抬起頭來對我說：「人不會天天都在喝酒的。」他深陷的雙眼中有一絲堅定的神采，我當下便深信不疑，深信明天起，他將又是個全新的人，比以前成熟、更謹慎，在感情的收放之間。

我們陪國仔去看東南亞的《養子不教誰之過》，娜妲麗華、詹姆斯狄恩主演，很沉悶的調子，看完心中總覺有個結無法解開似的。回來的路上，發現有一家地下撞球場，便進去敲幾竿，大龍技術好，左右開弓，狠而有力，就是不太準，母球子球經常一起落袋。國仔也是連連失分，最終以胖子李的「技藝超群」，一直維持零分而獲勝。離去時，他還興致高昂地說：「下次再來挑一次！」不料甫出店門，竟碰上教我們論語的謝夫子，這下尷尬得臉上陣陣熱紅不知如何是好，趕緊拔腿就跑。胖子李殿後，一路直嚷：「等我一下啦！等一下啦！」大龍邊跑邊回頭朝他說：「都是你啦！」說完跑得更快。

回到寢室，胖子李大嘆「人心不古」、「交友不慎」，對大龍說：「如果系運你跑得這麼快就有金牌了！」大龍不好意思的對他一直傻笑。

9

從阿姆坪烤肉回來後，同學們的情感融洽得一如手足。男孩子若心情煩悶沮喪，女孩子便會送來慰問關懷的卡片；女孩子有困擾不如意，我們也會「聯合開導」。有人問起我們班的女孩子如何時，我們總是絞盡腦汁地想出一大堆讚美之詞——只要他不「心存不軌」。當然，幾個男孩子在其他班的女孩中享有良好的聲譽，也是她們的「口碑」所致。大家都把這個班視同自己的家，付出、參與及關心，所以在一年級甲乙丙丁四個班中，我們班的和諧與溫暖一直是其他班所羨慕的。例如馬上就要舉行的系運，雖然天空總因冬風凜冽而被凍成一塊塊的寶藍色，但參加大隊接力的人依舊認真不懈的練習接棒、交棒、起跑速度等，沒有人缺席。

星期天早上，練習完跑步後，我和阿鍊、傳富到輔大找吳貴良。他領我們「遊園」，中美堂、情人坡、圖書館走走看看，又帶我們到他租住的小屋，聽音樂、聊天。高中同學碰面，談得最起勁的，永遠是高中時代那「一千零一夜」的故事，如數家珍，總也不厭。其中最令他們津津樂道的，是我和宜宜的事。打趣欽羨的話語使我無言以對。在他們的想法裡，我和她該是「出雙入對」、「大勢已定」了，卻不知我們最近已很少見面，而且距離愈來愈遠了。

也許是進了大學，眼界一寬，生活的多彩多姿使情感的世界也變得遼濶起來。我和宜宜正逐步走向分岔的兩條路。說不上來那種感覺，好似聯考一結束，我們的關係也顯得不重要了。聯考的壓力使我們聚在一起，從事共同的「任務」，一旦「任務」完成，彼此間的「交易」便算圓滿結束，自此可各奔東西。我不知道是否真的如此，但最近她的來信中，總有意無意地希望我多交些朋友，多一些選擇的機會。當然，這句話出自任何一個人的口中均是正確不疑的，但她在信中如此鄭重的表示，於我，便覺有不尋常的意義了。我開始無法逼迫自己不去擔憂，猜想與急切的想獲得一個肯定。是分是合，是聚是散，或許，該有個答案。

從輔大回來，我寫了封信，託人轉交給她。此後的心情宛如等待判決的囚犯，寢食難安，漫漫長夜的苦候著。夜裡睡不著，我便起身倚在五樓陽台的欄杆旁，孤獨得像一個不被了解的悲劇英雄。師大路上音塵滅絕，弦月寂寂，孤冷的寒光照著踽踽獨行的人漸漸消失在遙遠的黑暗裡。校園裡幾棵高直的蒲葵樹，剪影在墨黑色的建築物與陰灰的天空背景中，讓人有種曲終人散的寂寞感。我的腦子裡像被掏空似的一片空白，好像什麼都不存在，只牢牢記得一個字：等。無止境的等，天荒地老的等。

二天後，我的桌上靜靜躺著一封信。

我坐下來，瞪視著雪白信封上熟悉的字跡，一筆一劃仍是稜稜角角的充滿自信。眼前自己的名字，一下子變得恍恍惚惚起來，疑是另一個人與我不相干。

我拿起信，走向六樓陽台上我經常獨坐的地方。其實，我早該知道信中的內容會是什麼，只是我一直欺騙著自己。但即使如此，面對它，我的手依然不停的微微顫抖。我覺得自己像是一個自殺者，正準備拿起匕首往心窩上刺下。

陽台上風很大，吹來極冷，鐵架上幾件衣服濕嗒嗒的吊著，風一來拍拍作響。瑟縮的九重葛，無力地攀附著，隨時會掉下來的樣子。我一字一句的看著唸著，冰涼的風一刀一刀無情地割著我的臉，割出一道道深深的血痕。

不知道看了幾遍，但我看完了。我咬著嘴唇，抬起頭看看天，看看雲，真是荒謬呀！這樣乾冷的天，竟也有這樣一片乾淨的藍色。不過，我是愛藍色的，它總叫我想到離去的背影。像高中時候，我總是看著宜宜上台領獎的背影。

對面的女生宿舍，有人在練習吹笛子，不知怎的一個高音老吹不上去，嘎的一聲就斷了。

斷了。

但我不哭的。想想，一切似乎也沒什麼，緣來緣去，前世的喜與淚，在今天裡都還清了。此後人生的漫漫長路，只有自尋路向天際分飛！就當這是一場夢吧！在年輕的大一歲月裡，曾經恍惚做過的一個夢吧！

明天是系運，國仔、阿發、大龍、胖子李，還有那麼多的好同學都在，我要跑一千六百公尺的接力呢！也許今夜我會枯坐到天亮，等待明天第一顆晨星的甦醒，也許明天在起跑線時，我會很累很累，但是，只要棒子交到我手中，我還是會奮力地向前衝去——。

誓

為了尋訪妳住的小島，我便乘著一葉小舟出海去了。

在人海裡漂泊張望，一座座冰山小島浮沉起落，天意般擠壓在一塊，有的摩擦受損，有的溫暖發熱，然後，時間一到，各自拎起行囊，又匆匆趕渡不可知的地方。來去之間，往往換來的僅是美麗而蒼涼的一個手勢而已。或許，這就是妳、我所處的世界，一個屬於風霜過客、孤獨旅人的世界。

所以，我出海去。

只為妳住的島上，沒有冰山冷漠，沒有懾人的寒氣森森，更沒有猜忌、憂傷與邪惡。有的，是離離青草上蝴蝶的追逐飛舞，跳來跳去的小松鼠骨碌碌的靈活小眼。還有，藍天白雲下，溫暖的海風與陽光。至於輕拍海岸的浪花，則早已濺成妳朵朵的微笑，帶幾分玫瑰花紅的璀璨亮麗。那是航海冒險家眺望已久的新大陸，是流浪者歇息的處所，也是我心中日日夜夜，亙古不變的思念。

如同張愛玲的好友炎櫻說的：「每一隻蝴蝶，都是一朵花的鬼魂，回來尋訪牠自己。」我相信妳住的島上，除了妳，一定還有我。

雖然，浪盪顛簸的小舟上，一枝禿筆、一把斑駁的老吉他和幾疊寂寞的書，加上對妳，對朋友，對家國的一份熱愛，便是舟上僅有的一切，看似一無所有，幾近貧乏得可憐，然我卻始終自覺滿心富有豐盛，活得理直氣壯，因為深信傾盡我所有，足以為妳的一生點燃一盞燈，一盞長恆不滅的燈。

於是，如同夜星的高掛，我升起一帆小小的希望，出海去。

尋訪妳住的小小的島。

多情的海岸

這海，該是屬於我們的。

中角一過，我便習慣地換檔加油，以一種脫韁野馬之姿，愉快地前進。不論什麼季節，何種心情，北海岸的旖旎風情，總令我驚奇。

喜歡有風流動的日子，在風中出發，迎向朝暾或落日，那青春的壯烈焚燒是讓我深深迷戀的。當我接受一路風雨的挾擊，臉被寒流吹裂，衣衫啪啪作響，我奔向妳的心境始終明朗，迢迢遠路，莊嚴的喜悅恆在我的想念裡。

想念的海岸。路標上的里程數字，是我們熟悉的「15」。愛情十五里，妳常笑是流星般短暫，我卻滿心虔敬，因為這只是個啟程，未來的路無限，萬千風景仍待我們領受，而擁有一段美麗的路程，一個聰慧如妳的女子，夠了。

跳石，多麼有趣的地名，沿岸盡是大小奇狀的黑石，經年風霜，粒粒稜角分明，間或幾艘破漁船的殘骸夾雜其中，紙屑紛飛，很是荒涼。偶爾有婦女小孩，在石縫中彎腰撿拾螺貝、石花，海水拍石，濺起叢叢浪花，暗藏的危機常令我們提心吊膽，或許這就是生活，但年輕如我們，除了一份無奈，又能懂得什麼？

將近草里，我們的心頓時活躍起來。忍不住偏頭向這座只有幾十戶人家的小村落熱切張望，是一種歡愉的期待，那個教了兩年的學生。去年夏天，他每隔三、四天便會從橫山老家裡摘一束睡蓮送給我們，淡紫粉紅、雪白純黃，十支紮成一束，遞過來的是一雙天真的大眼，傻傻的笑。找了一個涼爽的午後，和學生三人共乘一輛機車，來到他家前面的水塘，目睹上千朵睡蓮絕代的風華，四周竹林春稻圍繞，畝畝相連，水流潺潺，仿似紅塵之外的桃花源。脫了鞋襪，入池採蓮，老練的動作，滿足的表情，這個農家淳樸的小孩，便一直讓我們深深惦念，即使他已負笈到台北求學，每回路過，總不忘對那驚豔不已的蓮花，投以多情的想念。

是甜蜜的往事串成了一段愛之路，還是不渝的愛鋪成這段多情的海岸？妳輕攬我腰微笑，不言一語。風在耳畔流過，我們正向前。

值班遲歸的夜晚，沿海路燈灑下微弱的光亮，暈染一路的朦朧，妳的叮嚀便響自耳際。小心騎，求的是平安。深邃的蒼宇盡處，一輪清美的月，妳的光使我堅定且勇敢。能成為妳身旁那顆最燦明的星子，我從此不怕黑夜。

不遠的海面，捕魚船放出誘魚的強烈燈光，一朵朵地蕩浮著，交織成張張溫柔的網，而網裡跳動的，是我們亮麗的年華，和屬於愛情的盟誓。

路標的數字愈來愈少，迎向前去的心情是步步踏實。十五里的人生，我們的海岸。這一路行來，回首俱是款款情深，此後前路所見只有豔豔金陽，無限的春風。

一站一程，有辛苦，有甜美。

路，愈來愈近。

走向山中

倘若你呼喚一座山，而山不來，你便應該向山走去。

——《可蘭經》

對於一個困煩於塵世紛擾的人而言，向山走去，走進山中，是這炎夏季節裡一種性靈的清涼與心情的舒暢。

久居鄉下的我，擁有許多人所渴求的寧靜與山居樂趣，日日推窗，連綿的碧樹總是以萬千風姿迎我，使我新的一天在鳥鳴啁啾、水流潺潺中開始，也在蛙鳴花香、月影橫斜中入夢，我非常熱愛並滿足於這樣平凡無爭的生活。

今晨，在朦朧中，我被斷斷續續的鳴聲叫醒，推開窗子，蟬嘶已在林中熱鬧地喧騰，宛如幾萬支風笛齊奏，令人震驚不已。看看山，看看溪，我忍不住披衣出門，這樣美好的夏日清晨，沒有人能拒絕那誘人的邀請的。

我走向山中。

沿著礦溪行，我不是匆忙的過客，從每一片油綠的葉子上，我看到晶亮的露珠，在陽光的折射下，如顆顆耀眼的五彩寶石。白色的野百合，盛開的或含苞的，株株挺立在綠草間，是一支支的小喇叭，像是要向這世界說些什麼，也像是要為這夏日協奏曲增添繽紛的音符。愈是崖壁峭岩，野百合愈是繁茂滋生，你只能仰首遠觀，而不能彎下腰去聽一聽她們的心曲。她們的心事不是要嚷給世上的人聽的，自開自落，不管有沒有人欣賞，野百合有屬於自己的春天。

穿梭花叢間的彩蝶，則是一篇篇會飛的神話，翱翔的舞姿多美妙呀，那兩片薄翼裡，彷彿有用不完的力量，讓他們一朵接一朵花地去拜訪。在寂靜的山裡，牠們是最快樂的子民，不像有些在公路上的蝴蝶，經常被來往急馳的車輛撞得粉身碎骨，慘不忍睹。每回騎車下山，這樣殘酷的畫面，總是毫不容情地衝擊著我的心。

我從相思林的枝椏間，看到了漸由金黃轉成清藍的晴空，當站在突出的岩岬上向遠處眺望時，又可以看到磺溪的水靜靜地往山腳下流去。河中巨石纍纍，都被硫磺氣浸浴成鵝黃色，形成一種少有的景觀。這一條流經許多歲月的河，也同時流經許多鄉民記憶的夢。我想起了大學畢業旅行時，在台東知本的那一夜，十幾個人在溫泉處處的河床上，各據一塊石，各挖一個坑，冒湧不止的熱泉汨汨而出，大家把腳輕輕地放進，一些女同學不禁興奮地驚呼起來，我們這些大孩子，真有點不敢相信河水竟然是熱的，而且是一整條河。遠處有些更大的坑洞，很多老人小孩每天都在那裡洗澡，也不管橋樑上車輛行人好奇的觀望。

再往山中走，你會發現自己似乎正遠離塵囂。且時時有意外的驚喜，起初我有些後悔沒有帶本書上來，如果能讀幾行惠特曼或泰戈爾的詩，也該是件怡情的美事，但是，愈走進山中，這樣的的感受便漸漸轉化成自嘲了。何必多此一舉呢？一片流雲，一朵小花，都是一個世界，值得你用心去思索，用心去接近，看不遠處那簇清香四溢的白花，看腳旁亮麗如星的紫色小花，只要你願意，俯身下去聞聞，那沁人的幽芳，絕對能讓你忘卻許多無謂的憂愁，即使不讀詩，美的情愫一樣會存在你的心中。

我走進山中，許多未知像一扇神祕之門在我眼前豁然開啟。

野薑花與野百合

住金山四年，看多了山水清景，日日涵詠其間，對大自然的季節嬗遞，也跟著敏感起來。野薑花與野百合花的開放，漸漸變成我感知歲月更迭的方式之一，花落花開，常常令我驚喜、讚歎，卻也默默哀惜、傷感。

野薑花

總是在七月底八月初，山澗旁、小溪畔，野薑花便蓬蓬勃勃地怒放。夏日金陽豔豔，暑氣逼人，除了那一片湛藍的海水，叢叢綠葉花滿枝，是另一種清涼，視覺與心靈上的。

領略過四度野薑花的登場，每一次都仍是怦然心動。磺溪橋附近是連綿的筊白筍田，但是田中央卻奇異地雜生一簇野薑花，平時綠葉迎風，並不起眼，我日日騎車經過均不曾留意；豈料忽然有一天，車行過橋時，猛地一陣香氣襲來，濃濃膩膩，像是天上灑下的香雨，你被困其中，一時竟掙脫不開，忍不住放眼瞧去，天啊，百來朵花怎麼一夜之間全開了！如此之氣勢浩蕩，我被震懾過四次。

滿座衣冠似雪，我每次都自然聯想起這詩句。不是嗎？真像雪，水溶溶的雪。閒來無事，帶把鐮刀，戴著斗笠，走一趟山間河谷，割一朵雪花回家，鄉下人的快樂，大概就是這樣。

前陣子電視播出一齣有關野薑花的連續劇，據說造成都市人搶購野薑花的熱潮，許多花店都缺貨，一時間這輕賤的花竟洛陽紙貴起來。於是，我開始看到一些外地人到此來搜購，甚至僱人採割，洶洶之勢，宛如要將這些花一網打盡，不留活口。看到一輛輛機車後面捆綁著大批的花，呼嘯而過，我總有一種難言的淒楚哽在心口。

這種痛惜，恐怕也只鄉下人才有吧。

野百合

車經十八王公廟附近，偶一抬頭，竟看到山壁上開滿了野百合花。這樣一座香火鼎盛的廟，沒想到連花也不甘示弱，占領了整面峭壁，博取眾多香客人潮的仰望。

這種不動聲色的花海出擊，似乎有意要與野薑花別苗頭，但我更認為，野百合花的出現，是替野薑花做上檔前的宣傳廣告，它的一身白，喇叭形狀的花瓣，好像在大聲疾呼：連台好戲已經上演！

不過，野百合也有屬於她自己的丰姿。

五月豔陽天，當一朵朵星狀的小白花開始楚楚綻放，一年一度的海灘弄潮季也將揭幕。從金山沿線一直到三芝白沙灣，蜿蜒的濱海公路，一邊是碧波萬頃，一邊是翠綠山嶺，去年我曾從金山騎車到淡水，野百合花的蹤跡處處可見，清雅淡香一路伴我同行，那種賞心悅目的記憶，使我今年格外期待花季的來臨。

然而，我卻失望了。

公路兩側的花像突然大撤退一般，都不見了，只有高不可及的崖壁上才零星點綴著幾朵，寂寞又孤單地挺立在風中。一個蹲在堤旁石墩上曬魚的老婦人向一臉詫異的我解說道：「都被人採光了，一些都市來玩的人，看到就摘走了。」

我到石門附近的海園別墅一帶尋訪，赫然發現到坡地上的小野百合，每一朵竟都只剩下半片花瓣，仔細觀察，是被人硬生生扯掉的，一連幾十朵都是如此地殘敗不堪，而附近草地上有許多零散分布的飲料罐頭、菸蒂，及聚攏在一起可以烤肉的石堆，我想，答案也許就在這裡。這場浩劫的劊子手，曾經在這裡度過一段瘋狂的快樂時光。

因為這份快樂，野百合花被剝奪了她的生命與美麗。我不敢奢望，那殘餘的一半喇叭，還能吹出一首和諧清雅的樂曲。

我想，那些生長在崖壁上的花是聰明的，至少，她可以擁有一份自開自落的完整與幸福。

在野薑花和野百合的連台好戲裡，人類不知何時才能扮演一個純粹的欣賞者？

不捨的揮別

周作人在〈故鄉的野菜〉一文中提到：「我的故鄉不止一個，凡我住過的地方都是故鄉。」

由於教職異動，我離開了居住四年的北海岸線上的「故鄉」。一千多個日子的生活起居，我承受了小鎮淳樸的人情溫暖，沐浴在海天的蔚藍與大地的青綠中，雖只是有如候鳥過境般短暫的棲留，但一份深深依戀的「故鄉情懷」早已植根於心，一旦闊別，實有萬般不捨。

今後，恐怕不會再有一個小鎮能讓我如此熟悉，如此感念，這裡的每一條街路我走過，每一位鄉人親切的笑容我招呼過，踩在小鎮寬闊的胸膛上，我聽到的彷彿是自己的心跳。每一片投下的雲影，每一朵激天拍岸的浪花，在束裝離去的一刻，都突然明晰起來，美麗起來……

那年盛夏，我分發到鎮上唯一的一所國中任教，偏遠的鄉間，一向缺乏升學競爭壓力，於是，我可以很自由地將所知所能用輕鬆的方式傳授，談笑之間盡量不留痕跡地將個人對生命、生活及對文章的看法，深入淺出地傳達，從孩子們亮睜光彩的眼神中，我有一股點亮火種的使命感與滿足感。我誠摯地自我期許，要讓他們獲得都市孩子應有的教誨，而且不必犧牲靈魂之窗，戴上厚重的近視眼鏡。

金山，在淡水、基隆之間，算是沿線較大的鄉鎮，北望是碧波無垠的海洋，南行則是陽明山國家公園，在山海圍繞、得天獨厚的孕育下，孩子們都有一顆天真無邪、熱情好動的心。記得有一回學校舉辦「綠化美化競賽」，班上同學不分遠近，都攜帶自己心愛的盆栽來布置教室，有的雖只有一小株不起眼的黃金葛，卻是他照料多時的成果，有的則是趁爸爸不在，來回好幾趟，將家中所有盆景搬運過來，大株的桂花、松柏、茶樹，都一一擺設在走廊及教室前後，使我們那一天宛如置身蒼鬱的森林中，連上課說的話好似都有花草的香氣呢！

九月間，田邊水畔處處盛開著潔白清香的野薑花，於是，孩子們像是事先暗中約好，突然都捧著一束束用報紙捆紮好的花到學校，趁老師尚未來前，放在老師的辦公桌上。有的含苞，有的已綻放，使我們在踏進辦公室的一剎那，忍不住驚呼起來。他們的心思是多麼細膩呀，雖然才十三、四歲而已。

不上課的日子，我會騎機車四處兜風，跑遍小鎮每一個角落。金山青年活動中心不准騎車入內，必須停置在停車場，並且繳費，但我是識途老馬，知道穿過活動中心便是國中操場，操場邊有路直通鎮上大街，許多鄉人為了方便也借路而過。管理員判斷外地遊客或本鄉「在地人」的方法很有人情味，那便是看你是否穿拖鞋，若是則一定是當地人，免費路過，若不是則很可能要停車繳費。而我總是在快到收費亭之前，大剌剌地伸出腳來，晃晃腳上的拖鞋，管理員見狀，不僅不攔阻，反而會報以親切的微笑。一雙拖鞋代表了多少會心的言語，彷彿成了通行證，這種彼此信任的坦蕩，或許只在鄉間才有吧？

義和照相館的李老闆，知道我客居外地，逢年過節總會熱誠相邀；陽金公路旁一畦畦莖葉交纏的蕃薯田，我偶爾路過，見鄉人在炎陽下採摘，一時好奇湊上前去觀看，幾句攀談下來，他們竟送上一袋碩大甘美的蕃薯，並且以農民一貫樸質的語氣說：「若不嫌棄，下次自己來摘，有人或沒人在都免客氣啦！」

那樣親切的交代，完全真誠的鄉音，我一直相信，是山和海的啟示造成的。土地的豐饒，大海的寬闊，腳踏實地的鄉人從土地上勤力換取源源不乏的作物，每日對著天地山川，雨水白露，他們豈會無感？因此，鄉民勤勞、樂天、包容的習性便如此一代一代地遺傳下來。

兩年征旅生涯結束後，我再回到小鎮，發現街貌繁榮了，一家家新商店如雨後春筍般冒出，人多車增，每逢週日假期，甚至嚴重堵車，途為之塞。隨著小鎮的改變，我發現自己也成長許多。但不論現代文明是如何催化小鎮的改頭換面，孩子們的天真沒變，鄉人的親切依舊，七、八月交，野薑花漫天的香氣依然隨風撲鼻，這些不變的本質，使我在急速流轉的聲色誘惑中不致迷失了自己。

如今，我不得不揮手向居住了四年的小鎮道別，當我將衣物書籍及家具盆栽一一分類裝入紙箱時，我覺得沉重的，不是那些物品的重量，而是壓在心頭那份不捨的依戀，有太多的回憶裝不下，也帶不走。

其實，小鎮早在四年前就已經是我的「故鄉」了，我如何能將「故鄉」帶走呢？也許，將來我還會有許多的「故鄉」，但我知道，再也沒有一個小鎮，能讓我如此熟悉，如此感念的了。

大卡車將數十箱物件及我，緩緩載離了這個北海岸上優美富庶的小鎮。炙熱的陽光射在灰白色的基金公路上，但卻有絲絲蕭瑟的涼意自我心中升起。

再看一眼吧！司機笑著說！

時速七十公里的急馳，小鎮如一幅山水卷軸嘩的一下便縮小、遠退成一線茫然，再馳過一個彎道，小鎮便在我眼前消失了。我閉上眼，只聽得耳邊風聲呼呼吹過。

別了，小鎮。

別了，金山。

我們聽海去

收到你從彰化寄來的信，我的心竟興奮了好久才平復，教你一年，這還是第一次看到你寫一封完整的信呢。雖然只是一張十行紙，但是我可以想見，你是如何困難地在燈下一字一字地寫，用你那幾近失明的眼。也許你花了半天才寫好，而我只一分鐘便看完了，但是，我多麼為你驕傲啊！你帶給我的已不僅是字面的問候，還有我內心沛然不可抑止的感動，及一絲安慰的喜悅。

在啟明學校，每週四晚上兩個鐘頭的相聚，我陪你度過高三最緊張的一段日子。從其他同學師長口中，我知你是個勤奮上進的好學生，因此，為你讀報雖然只是我參加大學社會工作社團的活動，但我卻頗感責任重大，加上教育學院輔導系是盲生升學最佳的管道，而你也下定決心一定要考上，於是，我們像同船前進的水手，炯亮的汗水滴在奮力划槳的臂膀上。當放榜消息傳來，我們終於採摘到那枚垂涎已久的菓子時，我們擁抱、狂笑，在如願以償的笑容中，清清淚水卻在你翻睜的空白眼球裡打轉。我制止住你欲說的謝辭，因為，我深深覺得，你教給我的，遠比我給你的更多。施比受更有福，我們多年的深厚友誼便是見證。

在信中你告訴我，今夏畢業後將遠赴東瀛學習針灸與物理復健，詢問出國前是否能再見一次面？其實，在接獲你的信時，我便急著去看你了。記得你考上學院後，我曾帶你去新店遊了一趟碧潭。我們在空軍公墓聞過花香，在茶棚飲過香片，也小心地橫過危顫顫的吊橋，雖然你眼中的山水天地是模糊而失真的，但是嚴重弱視的你，依然顯得興致勃勃，四處張望，似乎想把所有的美景用心打量，收入腦海的記憶中。你不曾抱怨自己的缺陷，因為比起許多完全盲眼的人來說，你覺得已幸運太多。可惜那天你沒有將鍾愛的小喇叭帶著，否則船到江心處，若能聽你吹奏一曲，該是無上的美事吧！

碧潭一別，四年了。各自奔波的歲月，你固定在教師節與春節寄卡片給我，讓我知曉你的生活，敦厚真誠的心意在簡單的文字裡表露無遺。也許，是上天給了你缺憾，所以你總希望能對這個世界做到無憾，至少，我覺得有你這個學生、朋友，不僅是無憾，而且已讓我引以為榮了。

這次南下，我希望能帶你去海邊，因為海的平靜與洶湧，實是象徵人生的橫逆與舒坦，讓我們聽聽海的低吟與高歌，聽潮水擊石濺起水花的澎湃，聽海鷗飛過水面的長鳴，不必用眼睛，我們用心靈看，用感情來聽。

當然，我也想知道，你的小喇叭是否還是吹得和以前一樣宏亮？

陽光七月

七月，是一齣充滿陽光的傳奇。

記不清白花花的陽光是怎樣毒辣地當頭罩下，只依稀再度聽聞那個埋頭苦讀的長夏，窗外大榕樹上金急如雨的一片蟬鳴。

也是一個沒有涼風的炎夏午後，在馳往南方的快速列車裡，一路跋山涉水的轟隆聲響將我帶到神往已久的革命聖地，接受六週槍砲與風雨洗禮的成長磨練。猶鮮明記得當時在車上那份面對未知的忐忑不安，但放眼窗外迎面而來的天空原野，正毫不吝惜地灑下滿天的金光璀璨，細細碎碎地耀入每一顆年輕的心中，似昂揚激越的掌聲不絕。

於是，想起那個流傳在嶺上的動人傳說：搖搖欲墜的醉鳩，經歷重重的考驗，終於蛻化如火浴的鳳凰，摶扶搖而直上九萬里青天，其翼若垂天之雲。年輕的我，不禁要為這「擎天鳩」的故事心折且自許。在大度山的晨暉夕照裡，我是個志氣滿懷的日光男孩，將步槍與生活擦亮成七月的蔚藍。

嶺上的最後一夜，在〈今宵多珍重〉的歌聲裡，我告別那班患難與共的好弟兄，下山。當凌晨四時返鄉的火車自台中開往台北時，我七月的憧憬，便開始是迴盪在紅樓鐘聲裡，說唱不盡的流年心事了。

總想談一場轟轟烈烈的戀愛，在雨中、風中，在凝視的深情中，攜手共走長長的紅磚路；也曾在浪花驚拍的堤岸旁，佇立遙視悠悠的淡水河，欲學那白鷺沙鷗，以秋江點水之姿，喚醒雲霧迷濛中熟睡的觀音。至於那個遨遊書海，遍研古今天下學問的大夢，則隨著一天天增加的筆記、一次次燈下的苦讀，而日漸進展、成形。

然而，華年似水呀！四載星移，倏如流電驚。這一趟生命與學問的黃金旅程竟是如此短暫而不容稍待。況且，幾度尋夢中，霧失樓台，月迷津渡，耗費了不少青春與力氣。在成長的生涯裡，終於讓我領略到一點人生無奈的悲涼、歲月的無情。

去年的七月，便是懷著這樣的心情，揮別了校園，收拾了行李，前往分發的學校任職。走在沿海小鎮古老而斑駁的街道上，想著滿腹的理想即將落實在此，我竟然又一次體嘗到陽光灑落肩上的興奮與輕快。

這裡有聞名的蜿蜒海岸，細白而綿長的沙灘，而且，陽光又是如此奢侈地閃映在無垠的碧波萬頃上。更重要的，是台下四、五十雙晶瑩伶俐，透露出渴求新知的澄澈大眼。這些幼苗般的兒童，如暖暖的日光投射在我心上，烘乾我濕潤的過去，也感染了他們成長的喜悅與無邪的純真。而有趣的是，在他們稚嫩的心靈裡，卻又對老師信任、敬仰、依賴，一如萬物之於恆久不息的太陽。

只是，在人生舞台上，熱鬧繽紛的緊鑼密鼓過後，故事總要幽幽款款地趨於沉寂，絲竹管絃的激切迸發，也將如花落水流地漸渺漸逝，不管是生旦淨末丑，統統得退至後台，卸下剛才飾演的角色，匆忙換上另一套戲裝，再出場去扮演另一種人生。同樣的，當今年的七月伴隨著蟬聲到來時，我也將再度面臨一次割捨，暫別這一年來熟悉的小鎮，及那些令人難忘的期盼眼眸，用更結實的手掌，更穩健的力量，去緊握手中那把保家衛國的槍枝。

即使時光無情的推移，人事也常如滄海桑田般變化無常，但我深信，兩年後脫下軍服重拾教鞭的那個七月，古老的沿海小鎮上，依然會有一齣充滿陽光的傳奇待我去譜寫、去扮演。

因為，陽光必然會眷顧喜愛陽光的人。

春紅日日

有些花是不會老的，像日日春。

喜歡這樣的名字，彷彿有一份淡淡的豪氣，一種屬於花族永恆的甜蜜，在溪邊、小徑、屋簷下，或者無人注意的角落，輕輕地綻放。每天推窗，一簇簇五片花瓣的雪白桃紅，都像守著一樁祕密的約定般，在你喜悅的眼瞳中閃亮，你從不必擔心，有一天會失去它。日日春紅，正是它對世界有情的承諾。

有人認為，好生好養的花，品氣都是不高的，像扶桑、野薑花、夾竹桃，或者是日日春。其實，品氣的高低，在人不在花，一樣的碧水青山，一樣的春花秋實，在雅士俗子的眼中，可能是截然不同的顏色、風貌，對心田深處的撞擊也是因人而異。只要我們願意以虔誠的心來欣賞一株平凡的花，天堂的奧祕說不定就如舒卷的花瓣，慢慢地開了。

在南方服役的日子，營區內有一長列的花圃，滿滿的是日日春。天天晨起，弟兄們拿了耙子，鬆土、除草、拾掇落花，忙碌的出操訓練裡，這算是唯一富有詩情畫意的「任務」了。但不論落花如何掃聚成塚，那片桃紅織錦，好像絲毫也沒減少一份豔麗，依然爛漫故我。甚且稍不留心，那一大片的雪白水紅便會氾濫成災，汪洋成生動誘人的花海。因此，每隔一段時間，必須狠下心來做「花屠」，連根帶莖剷除掉，只留下一小部分零星的點綴，雖然有點心疼，但卻又很放心，因為，不出一個月，這些活潑潑的生命又會頑強地出現在屬於它們的領海內。蟄伏的等待後，將是另一次驚心動魄的高潮。

去年的春節，溫度極低，瑟瑟冷風侵襲下，許多枝葉乾禿凋零，危顫顫地只剩枯瘦的灰白，無言對天。大年初一，有人來舞獅獻瑞，漫天的爆竹聲霹霹啪啪，爆出了紛然如雨的竹屑，嘩嘩地自空中灑下，灑在我們雀躍不已的肩上，和除舊布新的心版上。當竹屑緩緩飄落時，我突然被幾朵在酷寒中款款搖曳的日日春懾住了，這麼冷的天，呼呼的北風竟然摧折不了這些溫柔纖弱、不起眼的小花，在高樹被吹凍得奄奄一息時，這些小小的五瓣花，卻始終堅持它們美麗不變的丰姿。我不禁要為造物者的神奇，深深敬畏。

一年四季，日日春似乎總不隱退，一朵接一朵，一代傳一代，將祖先遺留下來的優良傳統，發揚得淋漓盡致。它們不與玫瑰爭豔，不與薔薇鬥奇，它們所追求的，是人間最後一點小小的堅持。

也許，是這樣一齣青春燃燒的傳奇，打動了我，才會使得我在眾多的奇花異卉中，獨鍾日日春。並且，願意把春花的無限心事，細細來推敲。

我很清楚知道，日日春紅永不殘，不管是在大地的錦繡花園裡，還是在我鮮活的記憶中。

浴火展翅

五百公尺障礙超越場。

如鷹的中尉測驗官正瞇著眼看著我們五個野戰服的男子，緊握一面紅旗的手四十五度斜舉向冷冽的天空。考驗一下自己吧！中尉將哨子放近唇邊拋下這一句話。漫天揚起的黃沙，灰撲撲的土，四周的綠樹叢林如三山五嶽般遠遠綿亙。猛烈的衝刺即將展開，裹在草綠服下強筋力腱的血肉之軀即將如彎弓上的直弦疾射而發，這是略帶緊張的一刻，我低頭最後一次審視攜帶的裝備：鋼盔、S腰帶及水壺、刺刀、彈匣，並且將六五式步槍的背帶緊緊抓牢，貼緊我逐漸加速起伏的胸膛。

幾隻雀鳥停在散兵坑附近的土堆上，悠閒地踱著步。冬日野外，遼闊的大地。中尉以熟練優美之弧姿使勁將旗揮下，尖銳哨音倏地劃破我瞠目的凝望，於是五個戰鬥互助的單兵頓時昂首、握槍，後腳跟狠狠一蹬，跨過石灰鋪畫的起點線，便如一支利劍的尖端嘩然刺向眼前崎嶇多險的征途！

過木欄

打綁腿的長統帆布皮鞋突然顯得格外沉重，參差不齊的速度，冷空氣的流動中，五個小星點顫危危地晃動：鋼盔扶好！槍管移開點，頂到我的手臂啦！蕭錦塘別跑那麼快，等等我！不要一起跳，會撞到呀！瘦猴加油加油……汗水開始在喘息聲中湧動，浸濕胸背衣衫，十度低溫，我們炯炯的瞳仁溫熱灼亮。

橫阻在前方四十公尺處，漆黑的高低木欄，我們左手貼欄，右手握槍，輕而易舉地一躍而過！

爬竿

十二秒。雙腳在木欄前的沙土烙下斑駁不整的足跡。路面起伏的坡度不大，冷風猝然猛烈地射擊我們缺乏磨鍊的面孔。一灘淺水在衝鋒前進的態勢下，飛濺成火花星散，陡然升起落下，雜著黃泥的汙濁。十五秒。速度減緩，我將鋼盔扶正，仰臉伸手，以餓虎撲羊之勢攫住細瘦的長竿，雙腳迅速交叉夾緊，一縮一蹬，將自己奮力推向暗晦不明的天幕。弟兄濃重的呼吸傳入我耳膜，有訇訇喧嘩的刺激。體態寬廣的李胖子，臉孔痛苦地扭曲，嗯嗯哼哼的低吟，讓人捏把冷汗。眉緊蹙，手抓穩，交遞運動，汗水自一寸寸肌膚滲出，我們也一寸寸往上升揚。

二十五秒！終於攀至最高點，右手猛拍鏽黑的鐵桿，在鬆手垂直滑落前揚眉的一瞥，驚覺自己離天空好近！似乎一伸手即可掬滿那裸白天幕上所有的日月星辰！

圍磚牆

這是最困難的障礙。蕭和我試了兩次仍不得要領，趕緊實施互助。測驗官佇立一旁冷眼靜觀。兩人用手五指牢握成臨時跳板，李胖子吃力地踩，張開手臂，骨節崢嶸地攀在四十公分厚的水泥牆上。槍在背後隨著身體的扭動而來回搖晃，像一隻醺酣的醉鳩。兩分鐘了，三朵絳雲已陸續飄過，蕭平躺在高牆上，綠色的野戰服如一團烈火，轟然伸出手，我重重迎向它！感受到袍澤的溫暖情深，我順勢援引而上，劇烈的撼動撞擊我，那是厚重土牆的重量。用力吸氣將身一翻，木麻黃如一列突然湧出的伏兵出現在我的視界，瞬即又潰散不見，撲面而至的已換成顏色深淺不一的黃沙土坑。

兩分半鐘。受挫的腳步開始踉蹌，我拭擦滑入眼角的汗水，卻頭也不回地繼續持槍前進！

高跳台

微笑，在面對死亡的一刻。這是軍人壯懷激烈的本色。

天空厚積的雲層使陽光消失了熱力，只投下大片陰暗，雨絲竟濃密地颯颯飄落，快速而精確地濡濕我們身上剛被體溫烘乾的草綠服。緊握著槍，我在逐漸猛烈的雨勢中，自兩公尺的高跳台上奔躍而下！撲向壕溝，其餘的人隨後呼擁掩至，戰鬥蹲姿像一匹匹曠野中閃亮的飛狼。雨水自鋼盔邊緣成一水柱滴下，遮蔽模糊了我的視線。映入我眼簾的只有成列的木麻黃和堅硬灰白的花崗石，這是一種多麼奇妙的組合呀！想那八二三砲戰時四十七萬九千多發砲彈也轟不碎的花崗石，竟和脆弱的黃林合作，阻擋了敵人一波波的攻擊，並予以致命的打擊。海濤猛沖的守備第一線，木麻黃是永不倒下的戍守者，而固若金湯的巨巖，則四十多年來護住了我中華正統的一脈相傳。清冷的槍管貼緊我微溫的面頰，聯想及我們年輕的心有時是軟弱的，像木麻黃易折的枝椏，在面對驚險、死亡的一刻，會遲疑，會惶懼，但是，歷史的使命及個人小我生命價值的拔升，使我們如蟬蛻變，稚嫩的雙手變得孔武有力，槍握得更牢固，殲敵的信心更堅定，甚至，在密密烽煙砲火中，我們依然能對永恆的生命投以軍人壯懷激烈的微笑！

我們深願像強頑不屈的花崗岩護衛著那張海棠葉的河山輿圖，亦願在中國的土地上，在壯闊的山嶽江河裡，如木麻黃以溫柔之姿遍插深植！

江山如畫，我們以大時代的英雄豪傑自許。

線網

在疾速快跑通過獨木橋後迅速臥倒！五條籠罩在交叉如星的鐵絲網下的爬道乍然呈現，稀鬆的紅泥上積水泥濘，由不得你選擇，五名野戰服男子快速將槍自肩膀取下，扣緊上背帶環，標準的動作要領，右手抓槍，如深亮的拋物線，以全身的重量壓向紅河水灘，胸前膝蓋手肘一下子便淹沒在強烈的濕冷裡。

五十五公分迷彩的木柱等距矗立，「線網」二字勒在粗厚的泥柱上，蒼勁的筆力，給人一種悲壯的聯想。全副武裝的我們如一群散兵縱橫參差地匍伏在河床上、沙礫裡。彎曲不一的溝痕，是前一波戰士奮進的成果。目光如炬，血在我們的脈管激烈滾燙，疲倦的肢體反射動作般交互爬進。雨水是猛烈的，落在身上發出剝剝悶響，刺痛的感覺滑向每寸肌膚。突然憶起在台中嶺上的那個夏季，震撼教育場上不斷爆烈的喧天砲響，加上呼嘯穿梭的子彈自嗒嗒的機槍中激射連發，迸裂的泥土自空中撒下，我們如游龍般躍動，浴血作戰的感受如親歷沙場。四年後的今天，我接受政戰少尉的職前訓練，雖然沒有流彈飛砲的效果，但那貼身在大地上的踏實並無差異。蕭的草綠服已染成灰黃汙濁，但掩不住追求勝利的亢奮。空氣中夾帶著雨水的潮味和我們喘息不已的熱度。

三分半鐘。雨，愈下愈大。「考驗一下自己吧！」中尉測驗官如是說。

我將頭仰起，泥水因手臂的重擊而飛濺，最後五公尺，面對著更艱苦的地形，我沒有苟且的企圖，更不存蒼白的懷想，我是一名身著草綠服的革命軍人，在歷史的長廊裡，在有形無形的戰場上，我不屈的意志將因勝利而生，破蛹而出的陣痛將甘之如飴。

三分四十秒通過！大雨滂沱。五個擁抱過大地、淌流過汗水的野戰服男子，瞬間以迅雷之姿猛然立起，那隔岸江山浩蕩的海棠輿圖，那為求國生而死的大志，如終點的標竿，我們朝著前方最後四十公尺的衝刺路道，滿懷信心，挺直背脊，提槍快跑前進，如凌雲之鷹，展翅的巨鵬！

坑道

走進坑道，便有一種走進歷史的感覺。

寢室在坑道內，常常我凝望著已用水泥、浪板裝飾的房間，聯想及我們正生活在巨大的花崗岩下，那心情是安穩厚重的，像在一位強者有力的臂膀下。

初進坑道，立時被那鬼斧神工的力量震懾住了。灰的花崗岩壁上每一鑿痕都是前人用炸藥與智慧，加上血汗的澆灌，才成就出馳名中外的傑出巨構。花崗岩的堅硬阻擋不了人類不屈的意志，縱有萬般艱險，亦是靈魂的考驗，生命的完成。長長的坑道，我曾逡巡過許多次，每隔一段距離便亮著的日光燈，為坑道內奔波的弟兄提供了光明的指引，有時走著走著，一回頭，那走過的路已迅即消失在潮濕的黑暗裡，只見一圈微弱的光暈投射出一截短淺的空間，像無垠歷史中的一站，連接起兩端的黑暗。我喜歡在駐足喘口氣的當口，以一種虔敬懷古的心情默默回顧。

不能確知這坑道有多長，整個島上又有多少這樣的坑道，然而無可否認的，這些前人辛苦的播種，如今已蔚成一林濃蔭，為我們遮蔽住狠毒的太陽風雨。坑道，是島上的命脈，無數奔流的血液在其中激湧。坑道精神，是無私的奉獻，不悔的犧牲。

坑道的分布是交叉如網，枝脈錯縱的。有一回，忘了帶手電筒，路況又不熟，以致迷失在其中，不知何去何從。不斷地摸索，寂然無聲的坑道，只覺得自己的喘息益加急促粗濁，直到另一種足音自遠處伴隨著晃搖的手電筒所發出的微光出現時，我才如釋重負，停止慌忙的搜尋。那時刻，我心中有股袍澤情深的感動，他用一支手電筒渡了我一程，雖是路不長，但卻帶領我步上正確的方向。

如今，不論是開會、送資料，抑或是去擎天廳看電影，我已能熟悉無礙地為自己選擇一條最近最快的路，甚至有時踽踽於黝深的坑道內，聆聽自己迴蕩在四壁間的腳步聲，一步一響，很紮實的敲在我年輕的心坎上，那在漆黑中藉聲音來意識自己存在的經驗，也成了記憶中難忘的享受。

路，總會到盡頭。

走完坑道，臨近出口處，常會有一種迎向光明的喜悅。我們的坑道口，有幾株高大古老的白楊樹，四、五月間，白花紛飛如雨，點點落在地上，宛似鋪了一層清麗馥郁的輕毯，讓人踩著也覺不忍。我最心喜的，便是踏出坑道口的瞬間，衛兵用一種堅定洪亮的嗓音朝著我喊：「敬禮！」當我舉手回禮時，漫天花雨撲面而來，與我的黑眸美麗地撞擊，莊嚴地交接，有一陣清醒的香氣，也有一片燦麗的陽光在閃耀。

　　穿過坑道，彷彿歷史的春天就在眼前呢！

山外街市

山外，又稱「新市」，店鋪鱗次櫛比，相當熱鬧，算是島上新興的商業區。「黃海路」與「中正路」平行貫穿，筆直平坦，是市中的黃金地段。站在這兩條路上，看著琳瑯滿目的招牌，洶湧來往的人潮，你不會以為是在離島上，反倒有置身於台北街頭的味道呢！

「長春書店」有兩家，靠山外車站的是「本店」，山外大部分書店的書籍批發，都是透過老闆林先生，因此，要看新的書報雜誌，「長春」總是大家第一個想到的地方。林老闆人很隨和，也喜歡跟年輕人聊天，談鋒甚健，他曾出過二本散文集，現在向他問起，他總是搖搖手，笑呵呵的說：「都一、二十年沒寫了，不提也罷！」但是他仍會興致勃勃地從抽屜裡取出一張張昔時的照片給我看，解說的口吻依然有著寶刀未老的氣勢。

他的書店面積不大，以致有書滿為患的困擾，東一疊，西一堆的，他經常淹沒在書堆裡，但是樂觀的他總是會幽默的自我解嘲說：「亂一點好，也是一種美呢！」

「大山文具店」是士官兵們購買文具用品或影印的最佳去處，老闆長得是何模樣可能很多人都不知道，但是一提起「大山姑娘」，若不知道就「落伍」了。尤其有一位長得嬌小玲瓏，一頭烏黑濃密秀髮披肩，很多人乍看之下，不禁會錯認影星夏文汐怎麼來到前線了？所以有些人乾脆直呼「夏文汐小姐」，時日一久，她的本名原姓倒沒人知道了，這大概也算是「山外傳奇」之一章吧！

「木棉道西餐廳」會讓許多初抵金門服役的台北人稍解一下「鄉愁」，其內部的裝潢設備，音響與咖啡，比起一些台北的西餐廳並不遜色，因此有的人願意花幾十元，在這裡看雜誌、聽音樂或者聊天，消磨掉可貴的休假時光。尤其坐在二樓靠窗的位置，山外廣場盡入眼簾，六、七月間，廣場四周二十多棵木棉花嘩然齊開，宛如一片艷紅的火海，熾烈地燃燒著每一個遊子的眼瞳。

「僑聲」與「中正堂」是山外兩家戲院，不管是開演或散場，附近的人潮擁擠，不下於台北的西門町，白天大部分是穿草綠服的軍人，老百姓則多半在放學或下班後看晚場。基本票價不分軍民，一律十八元，視片子酌量加價，三元、五元不定，一般而言，二十多元便能欣賞一齣好電影，絕對是值回票價。「僑聲」專演西片，「中正堂」則映國片，而且早午場片子不同，很多休假的人無處去，往往一天下來連看三、四部片子，也並不稀奇。

貢糖店在島上處處可見，山外尤其頗具規模，如「天工」、「精美」、「金益」等店都是名聞遐邇的。只要有外賓來參觀，這幾家店一定門庭若市。店面其實都不大，但服務態度是一流的，你一進門，她們一定面帶微笑地先奉上一杯茶，再請你品嚐店裡自製的貢糖，只要人不多，她們也一定跟你閒話家常，大概每一個店員小姐都有這種本領，讓你跟她彷彿是多年的老友般侃侃而談。最後，不管你捧不捧場，她們總是親切地目送你離開，下回再來時，她們仍然笑臉相待，絕不怠慢，因此，只要你多走幾趟，熟了之後，你走在山外街上，老遠就會有不少的店員小姐喊著你呢！曾經有人開玩笑的說：在這裡買貢糖，要想不吃虧，就去找老闆是男的或沒有年輕小姐的店面，否則，愈是漂亮的小姐，價錢就愈貴。這當然是句玩笑話，但只要在山外買過東西的，對她們親切的招待，微笑的面孔，一定會留下深刻的印象。

通常賣貢糖的店，一定也兼賣酒及菜刀。金門的高粱早已享譽中外，士官兵們休假返台或退伍，經常大包小包地裝滿了酒。酒類之多，令人目不暇給，高粱、益壽、龍鳳、大麴，都是佳釀，各式的紀念酒，美觀的陶瓷更添了一份藝術美，讓人愛不釋手。金門的菜刀可是大有來歷，八二三砲戰的砲彈破片，百姓拾了去，鑄出一把把鋒利無比的菜刀，拈在手上，讓人不禁感受到歷史沉甸甸的重量。

在戰地前線，山外市街的繁華是一項奇蹟，即使隔岸砲火隨時可能來襲，百姓蓬勃的生命力卻絲毫不減。這兩條加起來不過五百公尺的街道由昔時的不毛之地，一躍而為島上首屈一指的鬧區，它所呈現的正是三十多年來，全島軍民辛勤灌溉，培育而成的纍纍成果！

英雄島

來到戰地的第二天，同事抄了一首歌詞給我。

「這首歌，只要是來過這裡的，幾乎都會唱。」中尉以一種近乎虔誠的語氣對我說：「你能到前線，是一種福氣，只有到外島，才能真實的感受到自己與國家命運的緊緊相連，也只有在外島，才能讓一個男孩子脫胎換骨，成熟、茁壯，變成一個頂天立地的軍人。」

「你來這裡多久了？」我放下歌詞，有點好奇地打量他，二十六、七歲吧，有股年輕的英氣，方正臉形，眼睛是銳毅的，一頭標準短髮，使他看起來神采奕奕。

「一年多了。對你來說，可能是很漫長，但我卻是真心的喜歡這裡，你知道嗎？我的父親便是八二三時在這裡為國捐軀的——」

千萬年大海浪滔滔，千萬塊巨石堆成島
若問誰是島的主人，英雄才配住英雄島
千萬個人呀心一條，千萬個人呀把國保
若問誰是島的主人，英雄才配住英雄島

不怕豺狼舞爪，不怕狐鼠紛擾
兄弟姊妹、手足同胞，團結更堅牢
歷史不必記載我，不可以不記英雄島
若問誰是島的主人，你我都住過英雄島

該如何來描述心中那份感動呢？少年歌者，苦難的中國，昂揚的歌聲在黑夜裡分外清亢，但那細細的轉折處，偶爾也帶些哀傷的味道。吉他的紘索，撩撥起多少河山風雨，迸彈出多少乾坤青史，簡單的和絃，卻蘊藏了大地之子盈盈的江山情懷，在歌聲的背後，是無數先烈熱血的高唱，是海棠萬年的浩歌激越。這一刻，我深深體悟出薪火相傳的艱辛與莊嚴。上一代用血肉之軀保住了我國族最後的正氣命脈，有多少次敵人的侵犯，卻始終撼不動這天塹金湯的島嶼。硝煙四起的大時代，我們何其幸福的在空前的安定繁榮中成長，可以自由快樂地生活、戀愛，追求理想。如今，我們穿上這身草綠服，手握槍桿來戍守這塊歷史上耀眼的小島，這份光榮在個人生命史上該也是空前的。或許，歷史真如浪滔滾滾，一番洗鍊淘汰後，你我都將是青史外沒沒無聞的被遺忘者，但是，這個小島不朽的傳奇，將會在人類的長史上，如十萬大星般綻射出屬於這一代中國人驕傲光輝的一頁！我們不必在歷史上留名，但歷史絕對不會忘了這座南太平洋上堅強屹立的島嶼。

「只要是來過這裡的人，每個人都會喜歡這首歌，因為大家都希望自己在英雄島上，能真正鍛鍊成一個不屈的英雄，畢竟，中國未來的希望，是在我們身上。每當我唱這首歌時，總會想起我早逝的父親，和屬於父親那顛沛流離的烽火時代，他們是真英雄，他們才配駐守在英雄島上。而我們呢？但願有一天我們能無愧地說：我們也曾經是英雄島上的主人！」

千萬年大海浪滔滔，千萬塊巨石堆成島……

夜深。人寂。中尉略嫌沙啞的歌聲如迴盪不絕的天籟，直直升入無垠的星空，也落在我心裡，牢牢深印成一次悲壯如虹的記憶。

高粱

車子轉過沙美，一大片結穗纍纍的的高粱田豁地開展，赭紅的色彩，在陽光下躍動，潑灑成一幅金燦的高粱海。有許多的人是第一次看到高粱，忍不住朝窗外新鮮地張望：「不像甘蔗嘛！」大夥兒笑了起來。坐在身旁的副領隊是河北人，凝視了很久之後，幽幽地開口：「老家的高粱，才肥，才高，才香呢！」一下子，高粱又變成他心頭沉甸甸的鄉愁了。只是，那香醇的記憶怕已不在，血腥的土地上，能栽出昔時甜美的滋味嗎？

他搖搖頭。

車子在公路上奔馳。沿途可見島上的居民將割下的高粱穗連稈鋪在馬路上，刻意地讓車輾壓，這倒也不失為省時省力的辦法，只是每回車過，路面總揚起陣陣粉屑，使人不得不瞇起眼來，但對這種少有的刺激經驗，大家也不以為忤，紛紛引為樂事說笑著。

記得去年九月間，帶領了十幾位弟兄協助附近的老農割高粱，一人一把鐮刀，烈日下揮汗直往前衝，刷刷聲不絕於耳，割得痛快極了！手腳俐落的早已趕在前頭，得意大笑一番，個個都是鐵錚錚的漢子。那一天的較量，竟成為此生極難忘的一段回憶。

此地的高粱分兩季收成，首季約在三月至七月底，第二季則在七月到九月初，這段時期，島上到處洋溢著茂盛高長的北國風情，打高粱、曬高粱，是踏實生活中一樁小小的喜事。

偶爾置身在比人還高的高粱田中，或散步，或休憩，除了遮日擋風外，獨自一人享受著田野的寧靜，也是金錢難買的快樂。有時將小帽隨手掛在高粱稈上，尋一處堆疊鬆軟的稈葉坐下，舒服地取書瀏覽，總能讓我沉浸在清清淡淡的葉香中，渾然忘卻許多的不愉快。讀累了，仰起頭向陽光做一番深呼吸，看麻雀鳥群在天空靈巧輕盈的滑翔，心中常會有一種美的感動，輕柔地撫觸。

至於名聞遐邇的高粱酒，那濃烈的後勁是每個曾經嚐過的人所不會忘的。熱熱辣辣的一口喝下，亮出杯底的豪情，讓火焚的青春順著喉管滑下，燒得面紅耳燙，燒得血沸氣騰，飲飲啜啜，把那深處的心思翻滾如江地全數掏出，彼此拿真性情來相見，真是過癮之至。兩三知己，久別乍遇，在雨夜對坐暢聊往事之際，來幾杯高粱助興，儘管酒力不勝，難得忘情，難得知心，這種千載難逢的心靈交會，我夢寐以求。

中午，太陽的熱度在公路上升起薄薄煙嵐，剛從金門酒廠採購完後的心依然熾熱，成打成箱的高粱堆滿車子中央的走道，我彷彿聞到了浮蕩在空中的酒香，和酒香中沉甸甸的鄉愁——高粱肥，大豆香，遍地黃金少災殃。自從大難平地起……

「老弟呀，以後就靠你們了——」副領隊厚實的手掌朝我肩膀重重拍下。迎著窗外白花花的陽光，和陽光下那張屬於中國人堅定樸毅的臉，我除了一直點頭，不知道該說什麼，但我相信，我沒說的，他心裡全明白……

太湖

喜歡太湖的心情是說不真切的，那是如燈下夜讀古詩，輕聲吟哦，無一處不是神韻；又如相思夢中的戀人，俯眉低首，顧盼蓮移，都是美，也都是情。

這番鍾情，怕也只能用「癡」來形容了。

夜坐湖畔，涼風輕拂，看天上星星一顆顆地閃亮在湖面，聽蛙鳴一聲一聲地增添四周的寂靜，這個時候，想想家，想想遠方的女子，銅鏡般的湖水彷彿便成了遙遠的記憶，瑰麗的夢。我不是愛寫詩的少年，但太湖的風，太湖的水，卻有如詩一般地深深吸引著我。

太湖有大小二湖，中有一長堤隔開，但堤下湖水相通，有調節的功能。雖說有分大小，其美並無二致。大湖波瀾壯闊，氣勢雄渾；小湖精巧秀麗，情趣幽然。兩湖相傍相依，交織成島上最令人心動的一幅畫。

東坡有詩云：「湖光瀲艷偏晴好，山色空濛雨亦奇。若把西湖比西子，淡妝濃抹總相宜。」他歌詠的是杭州的西湖，我拿來比聖島的太湖，一樣的湖光水色，不一樣的是心情。西湖已然變色，沒有好的人世，可還有往日的丰姿？而太湖，包容了歷史的光耀，吞吐著島上軍民不懈的鬥志，她已不僅是一方靜靜湖水，而是中國子民日夜渴念的依歸。

想起孩提時的歌謠〈太湖船〉——黃昏時候人行少，半空月影水面搖——這情景在島上的太湖是少見的，這裡沒有帆影，但是有人影婆娑，笑語如歌；有月影倒映湖心，熠熠生輝；堤旁水銀燈迷濛的光影，暈染得入夜後的太湖格外嫵媚動人。湖心中央有湖心亭，人工的小島，清曉或臨晚，霞光四照下，亭影昭昭，非常別致。這些四季晨昏不同的風景，使太湖成了外賓必經參觀之地，也是軍民假日遊賞最佳的去處。

我經常訝異於這座完全由人工合力開鑿的湖，何以那麼像一座天然的海？起風的時候，竟也湧起層層翻滾的浪潮，由遠而近，源源不斷，水花且常拍岸飛濺，使人震懾於她的激盪與浩邈。尤其是有霧的日子，八方大霧暗伏，湖面被籠罩在巨大的虛渺之中，若隱若現，潮聲連連，簡直是大海的聲音，令人嘖嘖生奇，心折不已。

這海，這湖，多少心情走過，她一直是不變的知音，陪伴著我成長，而我對她，不論是在初見的一剎那，還是在往後流轉不停的青春歲月中，太湖，將永遠是我念念不渝的癡戀。

回首

最後一夜。再度踱步在明德塘畔，讓自己單純地浴在輕柔的晚風裡。障礙場已無白日揮汗如雨的吶喊，唧唧的蟲鳴在四野響起。舊機場跑道兩側的木麻黃，仍在月光下款款擺舞，偶爾揚起一陣喧嘩，絮絮的低語。天壁的所有星星都湧出來了，幾朵小燈花開在西村古舊的屋厝裡，鄉野的所有風景都被描上一層淡淡柔柔的金邊。銀河流動，風仍然柔情萬千。

不敢回首，回首是千弦的琵琶雨，一曲令人落淚的楚歌。難回首，今夜的月光與雪色同樣柔麗。驀然回首，雲在青山月在天，這方池塘，明潔如天池。一年十個月的軍旅歲月，一步一步地走，一步一步地發現自己，歡笑與淚水，其實都像春天，不論是晴，是雨，永遠好得讓人感激。

懷念復興崗的晨曉，薄薄的煙嵐升起，生命在微光乍射中甦醒，草綠色的亮度也在汗水中逐漸明晰，大屯蒼蒼，淡水泱泱，我們的軍歌宏亮，踢正步的步伐整齊，綠色的河流在操場上一寸寸地移動，匯成了一條記憶的河，河的兩岸，花繁葉茂，美不勝收。

十二週的訓練換來一槓金黃色的軍階，及肩膀上保國衛民的大負託。帶著榮耀、責任與期待，我們各奔前程，迎向不可知的未來。猶記得踏出校門，走進車潮前戀戀不捨的一次回首，除了溫柔，還有壯烈。

離家百里，在南島的港岸，揮劍斬棄懦弱的少年情懷，登上龐大的五二三軍艦，從此挺身走上英雄路，我清清楚楚地知道，不是夢。航向那座神聖的島嶼，海上深邃的星空，一如今夜。

在這夜裡，思念是起伏的海潮，微微的感傷。離別令人落淚，思念使人懂得淚。那個我深愛的女子，在北島沿海的小鄉上，將自己耐心守候成一輪靜月。三百多封的魚雁往返，我們在海峽兩岸，用所有的感覺去傾聽。

聖島一年，演習、行軍、營測驗，從日暮到日出，從昂聲轉換成輕歌，太陽把我們曬得又黑又亮。射擊的槍聲不息，鋼盔尚餘陽光的熱度，這是一首音符最多最單純的交響樂。用心的聆聽，全心的著迷，烈陽下浹背的汗水如雨，冬夜裡海灘低溫的戍守，甚至於暴風雨的天空，遠天奔襲而來的強烈閃電，都已是心靈上一抹炫麗的色彩了。

明天，我將脫去軍裝，重新登艦，揹著一年的行李，向料羅灣的落日揮別，回到我熟悉的繁華島嶼，以一種新的心情，新的面目，開始追求另一種人生。因此，在這莊嚴的登艦前夕，我思考著如何凝意志以成劍，如何向未來一路的荊棘，正確地劈擊。

今夜，美而圓亮的月，臨照著大地。我是一名即將卸下軍衫的歸人，正一步一回首，發現自己，已然成熟，已然長大。

相思

相思最苦——彷彿仍是陽光滿眼的南方，我身著一襲綠衫，被吞沒在五二三軍艦龐大的船身中，再怎麼難捨也渡不過浪濤擊打碼頭白花花的一條天河，妳微小的身影被停格在港口外七月喧天的蟬聲中。從此，妳在北台灣沿海的小鎮上，把自己守候成最孤獨卻也最美麗的一顆星。而我，一個追風趕月，愛觀星象的少年，隔海隔山，迢迢千里遠路，從來不曾遺忘或錯失過仰望妳在的方向。

那樣的心情，算是相思吧？淡淡的酸，淺淺的甜，還有隨時會如潑墨般渲染開來的苦，把自己搞得悲喜不定，悵然若失。陪著月光戍守的夜，槍枝的準星永遠也瞄不準我心鎖定的目標，因為牽掛就像料羅灣上閃閃的銀光，不知何時明，何時滅。於是，走在太武山下，好似我們正騎車翻越陽金公路，木麻黃全成了一山雪白的芒草；聽自己的腳步聲迴盪在漆黑的擎天坑道內，也總會想起我們攜手走過校園的長廊；當碉堡外白楊花開始飛落，我知道如此又過了一個長長的夏，也知道妳住的小鎮山邊，野百合花一定遍山遍野地開落著。

相思，也許就是這樣，翻江倒海的聯想，最後仍是歸依到妳殷殷期盼的眼眸中。妳老愛說：共看海上明月，流淚也是幸福，而我總要告訴妳：相思始覺海非深，這海峽我們可以跋涉而過的。

如今，相思已變成我們一輩子白頭偕老的見證，回首那二年的牽腸掛肚，一路走來，也只剩下一份壯烈的盟誓，和一段繁花似錦的記憶。那相思的苦，慢慢的沉澱，慢慢的發酵，不知何時，竟成了我最愛的一種甜蜜。

當時明月在

和朋友離開湖口老街時，已是燈火漸滅的暗夜。秋日風涼，抬頭可以見到墨色天幕上點點微明的小星。路上行人不多，偶爾有叫客的計程車駛過，少數幾間商家的廣告霓虹燈大半也已熄滅。

我們在街上拍了不少照片，為的是製作一份田野調查的報告，朋友在地理研究所讀了三年，對台灣一些古老街道變遷的調查，是他準備撰寫論文的重心。台北迪化街、三峽民權街、大溪和平路、新竹縣老湖口的湖口街，都是他眼中極富研究價值的對象。因為童年時光曾在湖口待過，我成了他的嚮導。

一路上，朋友旺盛的求知慾與虔敬的態度，令我深受感動。他為了要和一位麵攤老闆探詢數十年前街道演變的印象，一連吃了三碗麵；走近一家曾經賣漫畫書、現在則是高級理容院的門口時，兇猛的狗差一點失控地朝他衝來，乍閃的鎂光燈顯然觸怒了牠。但是他依然成功訪問了親歷小鎮由落後變繁華過程的羅先生。

在閒聊中，我逐漸明白了這條街的身世。早在清同治十三年（一八七四），因基隆、新竹間的鐵路通車，並在此設站，老湖口快速發展。

到了日據時期，鐵路改經現在的新湖口，老湖口便沒落了。數十年繁華如夢一場，但它大致的面貌卻被完好地保存至今，未隨時光迭遞而湮消。磚紅色的成列建築、拱形騎樓及屋簷上洗石子山頭裝飾，依舊鮮明地在眼前，甚至於，那客家族群特有的淳樸人情、寧和氣氛，也始終未變。

離開這條古意盎然卻又略顯冷清的街道，客運車載我們往小鎮的另一端。途經火車站前熱鬧的街市，我看到較多的人潮在湧動，夜市鼎沸的買賣聲，恐怕是此刻鎮上唯一還保持甦醒的喧囂吧！再二十分鐘的車程，我們在圓山仔下車。這是滿載我幼年記憶的地方，也是今晚我們落腳借宿之處。說「借宿」，內心總覺哀傷，因為這裡曾經是我的家族聚居、茁壯、依存的根壤，如今除了大伯一家外，親戚們不是搬到新湖口的大街，便是辭鄉遠赴外地謀生，如同花粉一般，在風中飄散、落地，再生根。

大伯家在福興國小旁，須走上半小時路程，於是我們找了家平價商店買飲料喝。商店就在我們下車的站牌附近，裝潢雅麗，一個年輕人坐在收銀機前看著時下最新的院線錄影帶。這裡是整個村莊最繁榮的地段。當我急切逡巡的目光突然望向路旁那株盤根錯結、垂鬚冉冉的老榕樹時，一顆心頓時如飛地回到十幾年前，我和堂兄弟們在樹下嬉戲的情景。記得當時，道路兩側都還是磚造平房，最高的只有兩層樓而已，客運車駛過的柏油路面，也是村子裡僅有的一條光滑路面，其他的都是碎石土礫鋪成的泥土路，而這家商店的前身——店仔頭，正是位於大馬路與幾條小土路的交集點，是村民寄信、打電話、搭車或聚會的唯一所在。我的祖父便經常在黃昏時分，帶我到店仔頭去，他愛坐在店前的長板凳上，與鄉人閒閒聊天，我則不時穿梭在店內大大小小的糖罐子間，或站在銼冰器前，看老闆娘熟練地用湯匙舀著楊桃乾、蜜餞、花生等四果。偶爾冰花噴到臉上，涼涼甜甜，有一股說不出的好味道。祖父有時斥責我饞，有時則掏出幾塊錢，買一碗讓我如願以「嚐」。那樣的記憶雖說已是生命中不會磨滅的畫面，但那甜甜涼涼的滋味，我現在確實已淡忘，甚至，不太能完全想起來了，正如這家店仔頭在村莊邁向現代化的腳步中被逐漸淘汰、拋棄一般。

不過，我倒是對今晚住宿的大伯家印象深刻。五年前一個冷冽的冬晨，祖父在客廳抽著長菸桿，呼出一口白煙後，安詳地睡去。辦法事的日子，我和家人便是住在大伯家。在父親帶領一家人到中壢發展後，我回湖口的次數不斷銳減，尤其開始投入激烈的升學競爭後，更是經常整年都沒再回去過。因此，我乍見由土塊厝變成兩層水泥新樓房的大伯家，不禁感到震驚。六十多坪的樓下，前院是花園，後院依然保有客家人一貫勤儉的習性——養了雞、鴨和豬。五十多坪的樓上，則區隔了好幾間房，寬敞而舒適。我也發現一個有趣的現象，如電視、音響、冷氣機等，每層樓都有，連客廳、廁所、浴室都有兩個。這樣的空間與享受，實在是擁擠於大都會中的我感到羨慕的。當然，那些昂貴而精緻的電氣用品，並不是讓我吃驚的真正原因，而是我童年記憶中的大伯家，曾經是大片竹林野草圍繞著的土塊厝，牆壁斑駁不堪，雞鴨糞便屋內外都有，要上廁所必須走一段路到一處用木板、茅草搭建而成的「茅房」，沒有門遮掩，只能拿一塊用竹片削薄編成的竹席權充「門面」，一邊上廁所，一邊手扶竹門，並且隨時留心是否有人「路過」。那種情景清晰如在眼前，但二十年後，眼前所見的卻彷彿另一新世界，時光流轉所帶來的景觀變化竟是如此之大，若非族人親切的鄉音依舊，我恐怕無法置信。

其實，我最相信的，是這二十年來，大伯一家人必定克勤克儉、胼手胝足地付出他們的心力，與水旱蟲害拚鬥，把汗水滴在結實的土壤裡，而後，大地才回報他們以如此豐饒的收穫。

我們沿著國小低矮的圍牆往前走，大伯家在暗黑裡亮著的燈火，隔著一條小溪，遠遠已可望見。在橋上注視這條我曾經抓過魚蝦、赤身游水的小溪流，雖因乾枯而顯露出部分的河床，可是河水仍然不絕如縷地嘩嘩流著，夜裡聽來像一首遙遠的歌。

水中一輪明月倒映，我恍惚又見到我的祖父、我的童年。當時明月在，往事一夢中，湖口老鎮在秋夜裡安靜地入夢，而我，只怕難以入眠了。

悟

我叫了一碗什錦麵後，找了一個位子坐下。客人很多，好幾個正耐心地看著老闆慢吞吞地動作，我原想找張報紙打發這段無聊的等待時間，但那皺得亂七八糟而又油漬斑斑的三張報紙早已炙手可熱地流傳著。捷手先得的把它壓在碗下如獲至寶地邊吃邊看，就怕稍一不慎會被搶走。沒有報紙的虎視眈眈地四處盯瞧著。

我突然覺得人活著也真可憐，小時候，爭一塊糖；進學校，爭分數；在社會上，爭名奪利，凡是爭的事情，都互不相讓，等爭到了手，卻又發覺失去了好多，然後悔恨，然後醒悟——但已晚了。或許，一般人所謂的「有出息」、「出人頭地」，指的就是搶得最多、爭得最高吧？

我怔怔看著對面那家門可羅雀的小店面，在油氣瀰漫的紛擾裡，陷入了沉思。

我意識到自己空著肚子等著麵時，視線已被那小店裡的一對父子吸引住了。顯然發怒著的父親，正在教訓著兒子。他的腰上繫著一塊略呈灰藍的花邊圍裙，拿著一個鍋鏟。一旁立正站著的兒子，套著稍嫌過長的體育褲，低低地抽泣。我注意聽著他逐漸提高的嗓門：「瞧你一身髒兮兮的——不吃飯怎麼會長高——」做父親的完全是個彪形大漢，有著響亮的外省口音。瘦小的孩子和他對立站著，顯得極不相稱，使我想起卡通影片裡的巨人和小老鼠。

「人家不要吃飯嘛——人家要吃麵——」孩子哇地一聲又哭了起來。

「剛才問你怎麼不說？現在弄好了，不吃？怎麼行！想長高、想壯，就得多吃飯！」

嚴峻的父親直愣愣地站著，用手誇張地比了個身高的高度，額頭上隱隱冒出些汗。孩子卻依然不為所動地哭著。看得出來，做父親的已有點不知所措，滿臉焦灼地看著孩子。

「我把飯再熱一熱，吃一點——」

「人家不要吃飯嘛，要吃麵——」

「不吃算了——有飯吃，還不知足，難道要求你吃不成——爸爸以前打仗時，別說白米飯，有個硬饅頭啃，就是運氣啦！現在有飯、有肉、有菜，穩穩當當地坐著、吃著，你還嫌什麼？」

父親氣得坐下來，拿起筷子就把那盤炒飯扒了兩口，又挾了些菜，乾脆大口大口嚼了起來。

「你站好，看我吃。」

孩子低著頭，委屈地站在一旁看著。

我不加思索地便為這父親的舉動感到生氣，覺得真是霸道得可以，怎麼哄不成，就將孩子的飯搶來吃？年輕的我，有點迷惑起來。

前面位子的一個年輕人離座，他霸占了好久的報紙立即被旁邊的人抽了過去，我突然感到一陣好深的失望，生而為人的可悲吧？為什麼連父親也會在盛怒時搶自己孩子的東西吃？

但是我再望向那對父子的時候，我才曉得我誤解了那份人間至高至貴、純然無私的父子之情。孩子已端坐在父親身旁，父親一面慢慢吃著，一面低聲說著話。不久，父親遞給孩子一雙筷子，和顏悅色地又說了幾句，終於，孩子乖乖扒了一口飯，父親連忙挾了一塊肉給他，語氣裡壓抑不下一股喜悅：「對嘛！要吃飯，才會長大──」

我沒聽清楚做父親的究竟低聲向孩子說了什麼，但我突然懂得了那個父親魁壯身軀裡那顆溫柔的心。他不給孩子飯吃是為了給孩子飯吃，他的「奪取」，是為了給予，這是人性中最深沉、也最恆久、最溫暖的情感，而我卻無知地誤解了。

夥計把麵端放在我面前桌上，騰騰的空氣裡，我看到那對父子正高高興興地吃著。低下頭，我感到一陣熱氣衝來，眼眶不禁有些模糊。

酒想

從老家帶上來的一罈葡萄酒，擺了五年不捨得喝，因著幾位朋友老遠的拜訪，一起鬨便開了。酒香四溢醺然，一室烘暖暖的。窗外多雨夜，叮叮咚咚下得起勁。五年的舊罈，灰撲撲黯然無光，一直放在床下角落，還是讓他們給嗅了出來。心想也好，這樣的朋友，這樣的黃梅時節。

所以珍惜五年，是因為母親。負笈北上讀書的第一個暑假，和母親兩人在老家走廊上摘洗葡萄，一粒粒飽滿豐盈，握在手裡沉甸甸的，很有一種踏實的喜悅。幾十斤的葡萄，只因我隨口說了一句：「葡萄酒，我喜歡喝一點。」便像芝麻開門般，一堆青綠出現在我面前。雖然只是葡萄，不是酒，但是一股深沉的感念已悄悄在心中釀造、發酵。

日曬、翻撿，糖與酒的比例，最後母親用力將油紙紮緊封口，我等著將蓋子旋上。立在母親微曲的身後，第一次發現，母親有了白頭髮。總共是三大罈一小罈，我提了小罈上火車。我是喜歡喝點酒的，但這罈卻一直被我珍藏著。其餘三罈，在以後的兩年裡都喝光了。母親後來再釀了一些，專盼我返鄉時喝。

常常，我躺在床上，惦記著床下的酒，也惦記著遠方的母親。

我沒有對這些朋友說出這罈酒的心事，一任他們用湯瓢撈著葡萄，紅著臉啜飲。多年的老朋友，交情早已像醇酒芳烈。大學時，並不常一起喝酒的我們，偶爾聚飲，總是讓人記憶深刻。

記得一回，不善酒量的阿發，多喝了幾杯啤酒，竟然搖晃欲嘔，原想撐著回宿舍，不料在宿舍外的紅磚道上唏哩嘩啦吐了一灘，而且還蹲在路旁休息，我們笑他沒用，但都陪他馬路旁坐了一排。第二天睡到中午才醒，我們出去吃自助餐。行經昨夜吐酒的地方，遺跡猶存，我們六人又笑又罵地拍他打他，他揉揉睡眼，立刻矢口否認道：「開玩笑，我會，我會嗎？」

讀書時，七人天天在一棟宿舍，湊齊了一起喝酒，也只是那一次。畢業後，分發到各個不同的學校任教，想一起喝酒的心突然熾烈起來，幾番策畫邀約，總是缺一漏三的，沒想到在這樣的風雨夜，這樣的黃梅時節，他們竟然從四面八方趕來團聚一堂，不多不少，七個人，一罈酒。

他們可能有些醉了，竟怪我守「酒」如瓶，現在才讓他們嚐到「甜頭」，我笑了笑，沒有把這罈酒的心事告訴他們。

冷暖

一個國中女生之死

下寮到中角。

三天三夜。

學生告訴我：海邊的風好大，浪也好大哦！

冷冷的岩石，濕滑的苔痕，石孔中四處奔竄的白泡沫飄來飄去。不時飛騰升起的一些水氣，在尖彎如鉤似的殘月映照下，灰濛的慘白一如魑魅。

在這個噩耗傳來的夜晚，我獨自來到海邊，抽著菸，企圖把自己完全放逐在海天遼闊的黑暗裡，無知無覺，更不會讓悲傷襲入，然而，忍不住奪眶而出的淚，依然滴在明知沒有一點回音的大海上。

據說，漁民們甚至已不敢出海捕魚，他們認為，打撈到屍體，是會觸楣頭的。

不錯，在這靠海的村子，打漁是他們唯一的出路。如今一個國中女生的死，他們少了三天的漁獲量。「淒慘哦！」他們喝著米酒，瞇起眼望向時而平靜時而洶湧的大海，深深的感慨刻在一張張常年風霜，古拙而稚樸的臉上。

怎麼不感慨？她只有十四歲而已呀！才開始睜大眼睛，準備往前走去的當口，就因狂濤猛浪的激擊而失足落海，從此，永不再起。生命的完結，有時竟也是如此的輕而易舉。只是親人的苦痛，將錐心泣血，哀慟欲絕。尤其是丈夫負心離去，一手撫養三個女兒長大的母親，此刻僅能呼天搶地般嗅著鍾愛女兒的名字，冀能向海神討回她一生寄託的希望。然而，幾度嚎啕，幾度昏厥，平日熱切招呼客人的聲音，如今僅剩下游絲般乾啞的啜泣。

青青的落葉，尚有大地的土壤供它安息，為什麼一個青春的生命軀體，竟然會這樣殘酷地在大海上漂流浮沉，三天三夜，從下寮到中角。

我能說什麼呢？這幾天，教室裡妳的位子已然是空盪盪的冷清。妳生前的同窗好友，上課經常心不在焉地望向那個被擦拭得一塵不染的桌椅，似乎想不斷地提醒自己，妳還在，而且手裡正拿枝筆，攤開課本，在專心地聽講呢！但瞥後的目光，總是禁不住悲從中來，有幾次，課上不下去時，迴盪在我們心中的同是對妳的思念、悲悼與不平哪！

舞蹈比賽時，妳那矯捷出眾的舞姿迴旋，竟會是個美麗的句點嗎？銀鈴般的笑聲，難道已遭浪濤淹沒嗎？那雙在晚上的小吃攤上幫忙維持生計、清晨四時起來寫字的手，此刻仍在無盡的深淵裡掙扎嗎？造化未免太作弄人了！我深嚐生命中欲哭無淚的酸楚滋味。

海風輕拂中的漁港，燈火一點一點地淡去，妳的同學、師長、朋友們都在不斷祈求著。茫然失神的母親，則枯守一盞飄搖不定的孤燈，苦候奇蹟的出現。呼呼的淒厲風聲，來自妳葬身的地方，正吹寒著每一顆徹夜難眠的心。

夜已深，恍惚中，我們都看到最後一點燈光也被巨大的黑暗漸漸吞噬了……

七十二小時後，在討海人的驚呼聲中，他們發現了妳的屍體已被沖進沿岸嶙峋的礁石縫中。更令人悲憤的，是那雙曾經靈活清澈的眼睛，竟讓魚啄吃了一顆……

一個大學女生的等待

很久了，我還常常會想起在大林服役時，那個深夜所發生的事情。

我擔任衛兵長的職務，夜裡總要起來巡查幾次，以監督衛兵們服勤的狀況，保障營區內所有士官兵的安全。這個職務雖小，卻一點也馬虎不得。尤其是明天週日會客，人潮勢必擁擠，難免會有些疏忽，得事先防範點才行。

這秋夜將屆凌晨二時的氣候，雖不似冰雪寒凍，但一陣冷風颼颼吹來，依然讓人不自主地渾身打顫。口中吐出的白氣，像是要用手揮打才會散去。

「冷，真冷啊！」我和營門口的兩名衛兵打過招呼，忍不住把衣服拉緊些。

「長官，馬路對面有個女的，已經在那裡走來走去，快一個鐘頭了。」

我一聽頓時神經緊張起來，忙順著所指的方向看去，果然在營門前的公路對面，有個穿著長袖毛線衣，黃色長褲的女孩在來回逡巡著，肩上揹個女用的小皮包，不時仰起臉往營區張望，單薄瘦削的身影在黑暗中顯得模糊而渺小。那瞬間首先閃過我腦海中的念頭是：會不會是名女間諜？那皮包裡足夠裝枝手槍和小型的照相機。但繼而一想，我又為自己的敏感多疑感到好笑，間諜會笨得在你面前走來走去，長達一小時嗎？

「大概是個神經失常的吧！八成是丈夫死了，或是跟別的女人跑了，可憐啊！現在世界上這樣的人太多啦，這種不幸的事總是常常會在我們周遭出現的，唉！」我不禁感喟地說。

因為那個女孩並未闖入營區的範圍，故雖可疑，卻也不便上前盤問，只得繼續密切注視著。

不久，那個女孩竟然慢慢越過馬路，向營區慢慢踱來。兩個衛兵見狀立即舉槍，將上了刺刀的槍口迅速對準她，她突然受了驚嚇，馬上露出一臉的倉皇失措，差點哭出來。我聽到聲音，急忙從休息室衝出，察看究竟，並叫衛兵將槍放下。這時，我才看清了這個女孩的面貌：二十歲左右的年紀，雖然眼神中有著驚魂甫定的不安，但那清麗的面龐和自然的氣質，在這荒山深夜裡，令人有種驚豔之感。我直覺地肯定她必不是間諜，只是個美麗的女學生而已。但是，為什麼會在這個時候，這個地方出現呢？我好奇地想知道。

「我是輔大歷史系的，我的男朋友在裡面服兵役，明天會客，我為了想早點見到他，特地從台北趕來，然後從嘉義搭車上山，中途應在崎頂站下車的，卻在崎下就下了，因為沒有公車，只好從那裡走路過來。我想，明天早上八點鐘一開營門就去找他，這樣我們就可以早一點見面。所以，我只好在外面等，走著走著，不小心過來了，真對不起。」

我差一點怔在那裡，她的這番話，頓時使我血液沸騰起來，在這寒冷的山上，我感受到一股暖流正自我心沛然湧起。這樣一個心思細密的女子，竟然單身從崎下走到崎頂，她穿的是高跟鞋呀！三公里長的夜路，是什麼讓她如此勇敢，不懼風寒呢？

我撥電話到她男友的連上去查詢，證實有此人及這名女孩。我充滿羨慕的心情，意味深長地對他說：「有這麼一個女朋友，你應該感到珍惜和驕傲，如果是我，真不知會有多感動！」

真的，這個世界經常發生一些不幸的事，讓人悲傷、失望，甚至悲觀，但今晚的事，使我乍然體會到「愛」才是推動這個世界的力量，沒有愛，恐怕寒冷將長據人類的心中。

我領她進休息室遮蔽風寒，並沏上一壺熱茶，請她在此安心地等待，並且告訴她：「本來我們的規定是八點鐘才可以開始會客，不過，我已向上級請示過，明天一早，六點鐘營門一開，就特准妳男朋友出來和妳會面，不需要等到八點，因為，妳已經等了一夜了。」

記憶風景

夢裡山水

觀音山是年輕時夢裡的山水。

二十歲的心情，神往川端筆下的唯美浪漫，赫塞流浪的歌吟，帶點憂鬱的追尋，於是自然便偏愛上北淡線古老搖晃的滄桑，和亭立在水湄靜美的女子。許多個星夜，我漫步在長堤上，看金波粼粼，海鳥低旋，漁人悠閒地抽著紙菸，笑談豐收的喜悅，而一艘艘定定泊著的漁舟，則安睡在觀音慈悲的護佑裡。

渡海觀日落，見巨大火球紅豔豔地墜海，燃燒成炫目的千里通紅，隨後倏地被吞噬，心情總是激動莫名的，想起三島說的：「美，是我的仇敵。」美的完成常讓一顆濃烈的心久久難平。

許多文學家歌頌過這個濱海的小鎮，而我只是一個虔誠的子民，一心深盼能在觀音漫天花雨的布施下，拾得一瓣小花，種在自己心中的一方夢土上。

喜歡車過關渡，出塵的觀音山宛似等待的女子，守候今生今世一場生死之約，我來看她一眼，求的是地老天荒。每一次凝望，總發現觀音如一隻蟄伏的鳳蝶，要仔細盯牢，不然一眨眼，她便要化蝶乘風而去。

那時我二十歲，一直覺得觀音鳳蝶是一樁屬於自己的祕密，而日子正當年輕。

有陽光的日子

每回騎車翻越陽金公路，在金山筆直的路上，總會看到掩映在夕照霞光裡的美人山，嫵媚羞澀，溫柔地仰臥在大地的托承裡。

有陽光的日子，一路輕風鳥鳴，世界是潺潺的溪水，平穩流向前。滿山遍野的蘆花翻飛，讓人聯想及詩經中的女子，「兼葭蒼蒼，白露為霜，所謂伊人，在水一方！」這等質樸優美的詞語，拿來比美人山亦是適切。尤其在夜裡，襯著大台北隱約燦亮的背景，曲折的稜線便起伏有致地凸顯出來，令人興起一股無邪的遐思。

山的存在，是許多鄉人心靈的慰藉。

有時幾朵燈花悄然綻開，和四天亮起的星光相互閃映，美人山便如妝扮華麗的待嫁閨女，隔著紅巾，低眉注視這繁麗的人世風景，默默期待一個嶄新幸福的人生。山的風姿多變，但長久以來，我對她的思慕與仰望卻一直不變。

來回走動的雪

一方靜水，氤氳在晨霧乍湧的靜默裡。垂柳細綠，輕撩起絲絲漣漪，微微的熱鬧在醞釀。遠邊的天空蒼茫，雲層依然濃厚，薄薄的晨光凝照湖上，如染胭脂，如風起時。

這面水鏡，人們喚她「柳湖」。

柳湖四周並非全是柳，松樹、楓樹、相思樹亦疏疏落落點綴其間。參差的嫩草環織成一片耀眼的綠意，和湖水天光依偎共存著。那年在復興崗上，凌晨六時，起床號嗚嗚響起，我在床上騰然躍起的瞬間，總會看到窗外那醉人的湖之姿。

有飛鴿，時緩，時快，很溫柔的姿勢，在朝暾中盤旋，像極了瑩白的琴鍵在手指間優雅起落。

累了，便迤迤然滑落，在湖畔輕靈地踱步，偶爾俯首輕啄，草尖上的露水便四方迸散，餐風飲露的悠閒怡然，完全是個小小隱士。白亮的身羽被陽光襯映得像雪，一朵一朵來回走動的雪。

忽然，不知什麼驚動了牠們，兩翼陡地鼓動拍擊，嘩的一聲紛紛飛起，掠過松枝，一點一點相銜的雪光倒映在湖面，畫出一道炫然的白弧，向無盡的天空直奔而去。

波起波落之間

像踽踽獨行於歷史的長廊，太湖靜觀著世事滄桑。天上的浮雲，在她心版上不停地變幻，卻都沒有留下什麼痕跡，宛如那時而溫柔時而無情的歷史。

面對歷史，人會覺得渺小；拋開歷史，人會覺得茫然。可知的渺小，比起無知的茫然，總還有個立足點。

風吹湖面，波起波落。無風無波，旋歸平靜。翻開歷史，亦是不變的「話說天下大勢，合久必分，分久必合。」

太湖一側另有一小湖，在水中央，泥塑的魚座口中不斷噴出四散飛濺的水花，那水來自湖，灑向湖，不增不減，但湖水賴以動，賴以清，是「化作春泥更護花」的款款深情，亦有「問君那得清如許，為有源頭活水來」的豁悟。

對湖水，對歷史，我均作如是觀。

杜鵑花海

杜鵑，是春天的眼波，突然意外的湧現，涓流，細唱，在人們措手不及下，流唱而成的一首情歌。當風一起，花海便以一種轟然澎湃的華麗，浩浩蕩蕩地氾濫了。

於是，雪白水紅，一濺上身，任誰都要歡喜，都要有情。蓬蓬花開，人們的心也跟著熱烈欲燃，那是蟄伏一個冬季後，難捺的瘋狂，到處都有她的蹤跡，如積雪覆蓋大地，初陽遍照人間，沒有人能視若無睹，也沒有人不感動駐足。走在殷紅花海裡，彷彿自有一股浪漫的氣氛，熾烈浮漾在每個人的眉眼盈盈處。

宋王觀說的：「若到江南趕上春，千萬和春在！」這滿園紛然的杜鵑，實在是春天花展中第一個報到的好消息，而且，她從不單獨登場，總是以團體報到的氣勢，讓人眼睛一亮，刮目相看！

是杜鵑，把每一年歲的開始，打扮成最動人的傳奇，把春天渲染成一條花的河流，這麼痛快地綻放，似乎，也只有杜鵑能夠。

考大學前的那個早春，二月冷雨天，我騎單車閒遊中央大學的校園，當一路的綠隨風消逝後，我在宿舍前的大道旁，看到了一朵危顫顫的杜鵑，昂然挺立，是那春天的第一朵杜鵑吧？粉紅的生命，好像傲雪的梅，在風雨中，獨自醒來，把滿身熱情化成枝頭一綻，那樣的執著不懼，倒真使人又感動，又慚愧。

我知道，當花季霸住了整條大道時，她必然已將柔弱的身子託給那風，以一種美的完成，無限美麗地凋落，為花徑添上一抹莊嚴的溫柔。俟落紅滿徑時，一季春意鬧枝頭的風光，也將漸漸在人們的記憶中褪去。

雖然，我曾因落花成塚而觸目驚心，為春雨的不解風情而惋惜，但我愛花惜花的情愫依然，不會因此而不忍去正視杜鵑必然的歸宿，因為我知道，在落花婉轉的身姿背後，第二季的殷紅已在悄然孕育，第二年的春天，這些花魂，仍將會如期赴約，掀起另一次更驚心動魄的花潮！

感覺二章

痛

左手食指上有一道小傷口，是昨夜用美工刀裁紙時不小心劃上的。今晨醒來，一股隱約的痛楚輕輕齧咬著傷口的四周，我不禁好奇地俯首審視起這條微不足道的傷痕。這傷口一道，恰恰皮破而未至肉，翻開刀割的切口，裡頭紅紅的肉色宛然可見，用力按了下，一陣麻辣傳來，使我睡意全消，猛然清醒，我忽然想起了昔日在大學時和郁夫師的一段對話——

「老師，買輛車開吧！每天騎摩托車從北投到學校，碰到颳風下雨的，又冷又累，坐在車裡不是舒服多了？」我理直氣壯地提議，因為老師那輛外貌顯得陳舊的偉士牌機車已有十年的歷史，而買汽車的錢早就有了，他聽後卻微微笑道：「其實，這樣也滿好的，可以讓身體受一點刺激。」

昔日一番無心的閒談，今晨因著這傷口，我恍然領悟到，「痛」，原也可以是一種磨鍊，讓人清楚而真實地感覺到自己的存在。孟子說：「天將降大任於斯人也，必先苦其心志，勞其筋骨。」近代醫學也主張

「勞動養生」，和郁夫師的這番話，不正是表達了同一訊息嗎？

沒有人喜歡痛，一如沒有人喜歡死。但當痛苦不可避免時，除了咬牙忍受，或許我們可以試著坦然接受。曾經在陽明山竹子湖的竹林裡看過蟬蛻時撕裂痛楚的一幕：只見牠拚命地想破繭而出，然而使勁的掙扎後，也僅出來一點點而已，豆大的水珠，也不知是淚是汗，正一顆顆湧起落下。我蹲在旁邊看了十餘分鐘，幾乎可以感受到從牠身上傳來的顫動，人皆有惻隱之心，我真想拉牠一把，但這是絕對不行的，愛之適足以害之，蟬蛻變時是沒有人能幫忙的，完全得靠自己，痛苦自己承擔，成長的喜悅也是自己品嚐，因此，縱使牠痛得死去活來，對生命而言，卻是另一個新生的開始。人生又何嘗不是如此。成長的艱辛有時令人欲哭無淚，幾至無法忍受，但當一切雨過天晴後，這點點滴滴的苦楚，便成了咀嚼不盡的甜美。

金聖歎在臨刑斬首前，交代劊子手務必下刀要快，讓他死得「痛快」，這可說是對「痛」的一大反諷了。而林覺民的〈與妻訣別書〉，字字血淚，讀來令人泫然欲泣，其對家國生死的抉擇可謂壯烈至極，他的內心該是多麼悲痛啊！但國家的建立，不就是這些烈士視死如歸、不畏苦痛所換來的嗎？讀歸有光的〈先妣事略〉，末句云：「世乃有無母之人，天乎痛哉！」只要有過喪母之痛者必會引發深切的共鳴。當我注視左手食指上的傷口冥想時，這些前人忍淚含悲的痛楚竟無端強烈地撼動了我，待回過神來，我望著這微不足道的傷口，不由得感到好笑起來。

冷

人在很多情況下會覺得冷。

寂寞時，獨自一人擁抱著無邊的思緒，卻又不知安於何處時，會覺得冷。小時候，父母白天均需外出工作，我和弟弟兩人留在簡陋的屋中，附近沒有住家，更沒有玩伴，於是兩人只好守著床頭一台破舊的小收音機，鎮日眼巴巴地坐在門檻上，盼望父母熟悉的身影能自遠遠的小路盡頭出現，那當口，不管收音機播放的是多麼熱鬧歡樂的歌聲，依然令我覺得冷清無比。負笈北上求學後，宿舍生活多采多姿，日子飛快地消逝，但每到寒暑假前，目送好友一一離去的笑容，總叫我撫懷悵然，雖然明知後會有期，卻一樣有著寂寞的感傷。

有時，踽踽於喧囂的人群中，車如流水，人亦肩靠肩地貼擠著，但茫然冷漠的眼神卻寫在每一個與你擦肩而過的臉上，讓我恍如站在萬丈高峯上，有種荒謬的孤獨感。東坡詩中的「高處不勝寒」，子昂的「前不見古人，後不見來者，念天地之悠悠，獨愴然而淚下。」不都在傳達這一份內心深處寂寞的生命悲感嗎？大詩人李白享盡身後千秋萬世名，卻也曾慨喟：「古來聖賢多寂寞」、「我本不棄人，世人自棄我。」可見得詩人自我放逐的王國裡，仍是一片冷冷的寒意，所以杜甫哀嘆他：「冠蓋滿京華，斯人獨憔悴」，憔悴二字，真道盡了人世無奈的孤寂與悲愴。

貧窮亦是會讓人感到心冷。元稹的〈遣悲懷〉：「貧賤夫妻百事哀」，讓人覺著貧窮像一把利刃，冷氣森森地逼迫而來。杜甫〈茅屋為秋風所破歌〉中寫道：「布衾多年冷似鐵，嬌兒惡臥踏裡裂。床頭屋漏無乾處，雨腳如麻未斷絕。自輕喪亂少睡眠，長夜沾濕何由徹！」，簡直令人鼻酸。而陶淵明的怨詩：「炎火屢焚如，螟蜮恣中田；風雨縱横至，收斂不盈廛。夏日常抱飢，寒夜無被眠；造夕思雞鳴，及晨願烏遷。」坎坷悲涼的心境宛然在目。這些詩，都有股深沉的冷意氤氳其中，一聲哀歎，一曲悲歌，描繪的是一個冷酷窒人的世界。

記得小學三年級時，一個冬日的早晨，我從媽媽手中接過一小片蘋果，那是第一次，我得到了夢寐以求的蘋果。從家裡走到學校的路上，我的心簡直像快要跳出來似的興奮。手心裡小心捧著，骨碌碌的小眼滴溜溜地轉來轉去，深怕路上有人會搶了去。亮青的外皮，鮮黃的果肉，這就是蘋果——電視上美國人吃的蘋果耶！我陶醉在擁有的愉悅中，捨不得吃它。到了學校，升旗時放進褲袋裡，上課放在抽屜裡，等到中午吃完便當想拿出來炫耀一番時，才發現果肉竟已全然變色！銹黃的斑點參差散佈，灰黯的果皮也失去原有的光澤，大失所望的同學紛紛笑了開來，我怔忡驚愕地握著它，一陣好沉重的沮喪羞愧自我眼眶緩緩汩出，依稀記得當時教室熱哄哄的空氣裡，我恍見窗外樹上一片葉子因承受不住冷風的吹襲而無聲飄落。

除了寂寞、貧窮，離家該是生命中另一個冷的記憶吧！好友龍龍憶起年輕氣盛時負氣離家的情景，搖頭笑了——高二那一陣子也不知怎的心情非常惡劣，很想離開周遭不愉快的一切。一晚在與父母言語頂撞後，更覺胸中鬱悶難受，遂於深夜拿了些錢便偷偷離家出走了。妹妹知道我的企圖，卻並不阻攔，反倒默默塞給我一點錢，記得很清楚，掛在妹妹大圓臉上的一顆淚珠。

一個人搭夜車南下，兩眼茫然地望著窗外漆黑一片，也不知何去何從，後來到了新竹。偌大的火車站寂靜無聲，冷風颼颼地吹起地上的紙屑，在打轉。呆坐了一會，然後臥躺在站內長椅上打盹，但很快地便被管理員趕開。當看到管理員把車站大門碰的一聲關上，我才意識到更深露重，寒氣懾人。最後繞了一些小路，越過鐵軌，偷偷躲進停放在月台邊的火車廂裡，弓著身子，聽車廂外唧唧的蟲鳴，不時從縫中鑽進來的冷風，令我感到夜好黑好長，身體冷，心也冷……龍龍說完，眼睛依稀牢牢盯著遙遠而深邃的過去，我知道，少年的浪莽，讓他現在更加珍惜目前所擁有的一切。

此外，落榜所帶來的也是冷的心情，雖然是在炎炎夏日，但嚐過箇中滋味的人，必會記得那是一生中一段無比淒冷的日子。大學聯考落榜的摯友K，曾經告訴我：「那陣子，總覺得天空都是灰黑的，有時走在大太陽下，也會不自禁地打個冷顫。」我想，每個曾在聯考的跑道上摔過跤的人都能體會那種絕望、失意、沮喪、自愧的情緒雜揉而成的心境，真是冷，冷到了底。所以有時讀孟郊的〈登科後〉：「春風得意馬蹄疾，一日看盡長安花。」在他四十六歲才登進士第的狂喜背後，我彷彿可以見到他以往數次落第時所流下的眼淚，那淚，必然曾經冷冷地滑過他傷痛的臉龐。

當然，冷與熱，全由心生。如雪冷，但賞雪的心情可以是熱的，像每年到合歡山賞雪的人潮擁擠；為國慷慨赴義的烈士，拋家離子，心情卻也未必會冷，反倒可以熱血沸騰。是故貧窮寂寞，許多人甘之如飴，離家與落榜也使人成長堅強，那時的「冷」，於他們而言，已然是成熟長大的催化劑，生命中一抹永銘心版的色彩。

我願人生充滿熱，也存在冷，那將使我在冷熱交替中，客觀地體驗人生，更深信不疑地珍惜人生。

柔軟的心

昨天去看了一場電影——《禁區》，是描述一位大陸婦女帶著小孩偷渡到香港，投靠丈夫的悲慘遭遇。全片在香港實地拍攝，導演及演員都是香港人。這類型的電影，我以前曾看過幾部，都留下極深刻的印象。我以一種嚴肅的心情走進戲院。那位年輕美麗但是一臉風霜的女人正在黑夜的山嶺間驚慌跋涉，惶懼的眼神道出了無限的辛酸，淚水吞進肚裡，回首或前望，都是一片漆黑。星空下，孩子熟睡的臉，稍稍給她帶來一點安慰。幾次的驚險，都幸運地躲過了，我的心一直隨著惴惴不安，可憐的小婦人，但願她能一路平安。

她在黎明時沒命地奔跑在沒脛的野草間，恐懼早已使她忘記了飢餓，夾在孩子襁褓中的男人相片，是她這一趟亡命之旅所投奔的方向，也是漫漫長夜裡唯一的星光。我心沉重如深沉海底的鐵錨，怎麼也拉不上來。突然間，一聲槍聲，她嚇得躲進草叢，一隻血跡斑斑的飛雁倏地從空中落地，在她面前抽搐了幾下，便死了。然後，在她與孩子的面前出現了一位高大的英國人。是遣返？是如願？在凝靜的注視中，我的一顆心也快跳出來，幾秒鐘後，那個英國男人終於開口：「跟我來。」

我鬆了一口氣，為她的苦盡甘來而慶幸，懸蕩的心也不禁安然放下。小婦人在房間內替孩子洗澡，暫時的平安使她露出一絲欣慰的神采。在房裡，沒有吐著紅信的蛇虺，沒有銳利如刀的尖草，更沒有港警交錯的探照燈，及狂吠不止的獵犬。她放下手上的肥皂，沉湎在未來夫妻相見的喜悅裡。但是，可怕的事發生了——房間的門被一腳踢開，一個面容猙獰如獸、身材魁梧的男人矗立在這對母子的面前——是那個救她回家的英國人！尖叫、掙扎，無言的淚水，孩子嘶啞的哭聲，也挽不回一場人間最醜陋的強暴獸行，所有的希望在這個她以為平安的地方破碎，像一地細碎的玻璃，永遠也無法再拼湊出原來的完整了……。

故事到此只進行了四分之一，悲難尚未結束，偷渡者的血淚卻已流乾淌盡，我的胸口有一股撕裂的痛楚，為這對苦命的母子，為人類的醜行，也為這個悲劇的時代。我沒有勇氣再平靜地欣賞完這齣戲，離開，是我掩飾自己淚水最好的方法。

發現自己，年歲漸增，似乎心也變得脆弱了。當我還是個少年時，任戰爭慘烈的血腥在我眼前潑灑，我也無動於衷；瘋狂的殺人劊子手，我們可能視之為英雄；對許多悲劇，我可以冷靜，甚至於冷酷地旁觀，而認為這是人類社會的法則，早已命定，哀傷，是無謂的情感氾濫。

但是，二十五歲了，我竟然不敢再掀開書架上那本《南京大屠殺親歷記》，也不敢再讀《秋霜寸草心》，面對殘酷的畫面，我慌張地逃避，似乎，我的「抵抗力」愈來愈弱了，柔弱得禁不起一些現實的悲苦，和無助的眼神。

摯友林有一回開導我：「何必活得那麼累？看電影嘛，當然求得一時快樂，看看娛樂片，不花腦筋，哈哈兩聲，人生就是這麼簡單！」

隨著人世的幾番經歷，在我日益茁壯的身軀內，這顆多感的心，已變得愈來愈不能接受一些醜陋的事物，我變得極容易受傷害，也極容易為一些不義的事而憤怒。是什麼使我的心變得柔軟？像玻璃一樣容易碎？

我不知道，但是我想，也許我該接受林的看法，哈哈兩聲，把人生看得簡單一點，這樣，或許我會快樂些。

淡水走過

一直覺得，淡水這個古樸、充滿異國情調的小鎮，似乎承載了許多詩人或藝術家過多的眷愛，有人將它視為「永遠不渝的戀人」；有人說它是「年少時感情的小城」，這樣的深愛一個小鎮，如對一樁情感的盟誓，曾使得年輕的我感到一絲不解的困惑，而小鎮美如神話的魅力，也很早便根植在一顆純摯多感的心靈裡。

十八歲那年，我負笈北上求學，告別了成長的故鄉與至愛的親人，投入那五光十色令人目眩的大城市。課業的繁忙、情感的波折及淡淡的鄉愁，使我敏銳易創的心，面臨難以癒合的淒楚。常常，我渴望一雙溫熱的手，一個靜寂無人的角落，能讓我療傷止痛，肯替我保守屬於淚水的祕密，淡水，就這樣走入了我的世界。

那是一個陽光燦爛的日子，劇烈搖晃但卻富有節奏美感的北淡線火車，載我向古鎮緩緩前進。過午時分，車廂內的長椅上，只零星坐了幾個淳樸敦實的鄉人，用濃烈的地方腔音閒閒交談著。有時話斷了，便狠狠吸一大口紙菸，再吐出一臉的茫然。這種親切鄉土的感覺，令我有重溫兒時舊夢的驚喜。規律的鐵輪撞擊聲，一波一波的，宛如阿婆蹲在台階上，輕拍兒孫的肩背，催人入夢。

然而，我是清醒的，我知道，它會帶我到遠方的，不是夢而是真實存在的濱海小鎮。我也知道，這將是一段美麗的旅行，明亮的陽光迎接著我，清冷的淚水將被蒸融。

彷彿揭開前世的記憶，一一印證眼前的光景，我發覺這濱海的小鎮，簡直是夢境的化身。沿著英專路，我走到這所以宮燈道、牧羊橋引人遐思的大學，立在驚聲先生銅像旁，眺望整個淡水鎮、觀音山，及彎長的淡水河。有人說，這是欣賞淡水美景最佳的角度之一；但是，隔了如此遠的距離，朦朧的美並不能帶來真實脈搏的跳動。我決定走下山，走向巷道人家。

狹長的街道，據說每到假日，洶湧奔至的外地遊客常擁擠地造成交通堵塞，但在這靜靜的夏日午後，我倒享受了一路的冷清。龍山寺前，幾個面容滄桑的老人，靠在紅柱旁酣然熟睡，微閉的眼，沉重得像他們曾經輝煌的昔日吧！從小巷進去，古老的教堂以巍峨之姿俯向我，哥德式的七彩小窗，高高的塔尖，給人一種異國風情的奇妙感受。兩旁蒼翠的巨樹，青石板小徑，傳遞著我清脆的跫音。荷蘭與西班牙式的古老建築，為小鎮繪上一層浪漫的色彩，與過往歷史逐漸暗淡的光芒。那位渡海來台的傳教士，憑著對世人的愛，對教育的執著，在此留下了許多供人追思的遺跡。淡江中學內，他的墓園在鬱青的草地上，一位親切的老師無限仰慕地告訴我：「當年馬偕博士創辦這所學校，是先蓋體育館，再闢操場，最後才興建教室……」

穿過市場左側的小巷，整條淡水河便如巨幅的畫軸，毫不保留地攤展成一片醉人的旖旎，讓人眼睛為之一亮。向晚的長堤下，有老人在織補破舊的魚網，專注的神情，像補的是數十年海上流轉的歲月，把一頭烏絲織成了浪花如雪。

遠處一列日本式的房子，磚砌的小紅牆，紫藤花伸出牆外。他們每天推開窗子，可以看到淡水河，河的盡頭是一片發亮的海，能如此幸運地擁有一方自己的海，實在是難得的幸福。

渡船頭，則是我深深愛戀的地方。碼頭雖已陳舊，但仍是許多小船靠岸的港灣。從淡水鎮到八里鄉，短短的航程，渡口便是銜接兩岸的手臂。買了票，坐上對我而言尚屬新鮮的渡輪，瑰豔的海在夕照下閃爍如星。倚在船尾的欄杆畔，望著船過而激起的波浪，鹹鹹的海風溫柔地吹起我紊亂的黑髮。紅日將西沉，觀音山巨大的影子逐漸轉暗，定定舶著的幾艘小舢舨，也已模糊成起伏的小黑點。淡水，愈來愈遠──

我忽然覺得，許多懵懂激情的少年心事，已隨著滾滾的潮水飄向不可知的大海那一端，遠遠的，漸漸的，消失在無垠裡。而且，我又發現，此後，淡水小鎮，竟也成為我情感的小鎮，不渝的戀人了……

老人，小孩與海

他的一切都是老的。即使是手上因拉著繩子、拖曳著大魚的創痕也沒有一個是新的。他一個人划著一隻小船在墨西哥灣大海流打魚，整整八十四天沒有捕到一條魚。

但是，他有一雙眼睛，和大海一個顏色，堅毅、愉快，沒有戰敗過。還有一個小孩，對他說：有許多的漁夫，也有幾個偉大的，但最好的漁夫是你。

我想，孤獨的老人是不寂寞的，不管在漁村或在海上。漁村裡，溫暖親情的世界，他像個慈祥的祖父，在小孩的身上看到了自己的過去。無人的海上，他是個與驚濤駭浪搏鬪的勇者，藉著強勁的對手──那條大魚，他懂得：一個男子漢，可以被毀滅，但不可以被屈服。所以，一個能夠忍受痛苦與失敗的人，是不會也不怕寂寞的。

記得有位小說家曾寫過一篇文章〈誰來與我乾杯〉，一開始便是：

「誰跟我乾杯？」

那時候總是有一個人會說：

「我。」

要找一個可以乾杯的人多不容易，而找到了又是一件多麼幸福的事！在武俠的世界裡，天下第一劍永遠只有一個。成功與失敗之間沒有妥協。於是，最好的對手，也是最好的朋友。杯酒飲盡，劍鋒相向的一刻，彼此仍是真心敬重愛惜著對方。只有敬畏你的對手，不輕視他，才能打敗他。一如老人與魚。老人說：「這魚也是我的朋友。我從來沒看見過，或是聽見過這樣的魚。」其實，大魚便是他自己。如果沒有這一條大魚，這個勢均力敵的對手，老人將只是一個老死在小漁村裡的平凡老人，無力地走完一生。

故事的最後，老人終於殺死了他的兄弟——那條大魚。他雖已精疲力盡，但這一段漫長的路程他跋涉過了，一場艱苦的仗他打勝了。因此，縱使他的魚在返回的途中被其他的鯊魚吃得只剩一副骨骸，他也不悔地知道自己並未失敗，更非一無所有。結果往往不是最重要，過程才是真實可貴的。至少，小孩是那麼深信老人捕了一條大魚。

當讀到「小孩看見老人還有呼吸，又看見老人傷痕纍纍的手，他哭了。他悄悄地走出去，想拿些咖啡來，一路上還一直哭著。」我不禁要為老人與小孩間這份篤厚的情感心動落淚，這是多麼高貴的人間至情啊！小孩靜靜守在熟睡的老人身邊，他相信，他一直深信，老人並未曾老去，也未曾屈服，他是一個最好的漁夫，他只是疲倦了。

我在小孩的眼淚中看到了純真與善良，在老人蹣跚的步履中見著一顆不屈的靈魂，而在《老人與海》一書中，我更肯定了人性的尊嚴與希望，那是人類生活及勇氣的來源。

香江微雨後

飛機從八千呎的高空開始往下俯衝時，暖融融的陽光還在機翼上閃跳著，我感到機身晃動了幾下，突然間雲氣水霧模糊了我正凝視著的小小圓窗，一整片疾速飛竄而逝的黑影將我們稍許驚訝的歡呼聲緊緊裹住。艙內座椅前的一小塊螢幕上，正顯示著艙外的高度、溫度與航行的里程。不久，雲層漸漸流散，天光又微微亮起來。貼窗鳥瞰，發現如潑墨畫般淡染的南中國海上，瞬間綴上了點點星羅棋布的島嶼，在高空中看去，宛似溪流中的幾粒褐色石子，正靜靜地躺著，任水從身上嘩嘩淌過。然後，這條蔚藍色的河水逐漸地縮小，陸地的面積陡地增大，當一幢幢摩天大廈聳立在眼前時，我知道，香港到了。

走出啟德機場，朋友熱切的目光迎我上車。在往九龍灣的路上，只見滂沱而下的雨水，正洶湧地吞噬這個島嶼上的每一條街巷。我有點奇怪，方才高空上的陽光竟給我一種遙遠而不真切的感覺。的士內的音響正播放著一首粵語歌曲〈為自由〉，年輕的司機一面睜大眼睛駕駛，一面熟悉地哼唱著。

第二次來香港，發現有什麼不一樣嗎？朋友看看司機，轉頭笑著問我。我知道他指的是什麼，只是沒想到他會如此迫不及待地連客套的寒暄都省略。幾天之後，當我走遍香港、澳門許多地方並接觸到一些原不相識的人之後，才逐漸體會出朋友內心焦灼的那份急切。

在淘大酒樓數百人群聚的飲茶聊天聲中，隨時可聽見一些時而憤怒的責罵與時而無奈的歎息，對他們來說，飲茶依然是生活中不變的習慣，但是很明顯的，六四事件已成為交談的主要話題，那場鎮壓雖已在刻意的粉飾下，彷彿恢復平靜，但事實上，民主的火種正熱熱烈烈地在海外燃燒著。和大陸毗連的香港，在那風雨飄搖的關鍵時刻，頓時成為傳遞火種的轉運站，許多民運領袖就是從香港逃到其他國家，而許多冒險探訪的珍貴資料，也是透過香港才傳送到無數關切中國民主運動的人眼前。

朋友告訴我，現在的香港人幾乎人人都想盡辦法要移民，如果允許大家自由選擇的話，一九九七之後，肯定香港會成為荒涼的孤城。我翻開這裡的每一份報紙，都可見到醒目的投資移民的廣告，如想移民加拿大，必須擁有加幣二十萬以上，或具有兩年行政管理及生意經驗，才有可能被批准。至於澳洲，也須自備百萬資金。當新加坡聲明歡迎港人投資移民後，前往填寫表格及登記的人大排長龍，手續費二千港幣，依然炙手可熱，這僅是遞表，批不批准根本是未定之天，但是，只要有機會，誰都不願放棄的。此外，有些國家需要技術人員，而且按照各門技術給分，積分愈高，愈容易被批准。針對這項條件，在一所中學教英文十餘年的朋友很感慨地說：很多國家都將教師列為不給分的行業，還比不上會修水喉、會縫紉的。他正慎重地考慮希望他的太太去職業訓練所學習烹飪或縫紉，只要拿到證書，移民的分數就高一些。面對這種現實無奈的處境，知識，竟遠遠比不上技術，實在令人痛心。

離開酒樓，回到他幾年前開始分期付款購置的家。不到二十坪的空間，雖然布置得整齊而舒適，但仍顯得侷促，然而在此地，這已經算是好的居家環境了。我去看過所謂「廉租屋」，只是一個房間，根本不算一個房子，卻是一家大小生活起居的場所，除了廁所是封閉的，其餘均一目了然，客廳就是臥室，餐廳其實就是晾衣場，至於鐵窗上擺列幾罐小盆栽，便算是這一家人所謂的「庭院」了。那種擁擠與不便，超乎我的想像，但他們習以為常。相較之下，朋友房子就顯得寬敞些了，至少還有兩個房間。

我問他，房價貴嗎？他說每月尚須付款兩千元，市價現在可值八十萬。折合台幣有兩百多萬，在台灣或許可以買下一層氣派而有三房兩廳的高級住家，我告訴他，他聽了開心笑起來。我又問他，貸款什麼時候可以繳清呢？他立時有些沮喪地對我說：「一九九七。」

我們相視大笑，這笑，實在有很多難言的辛酸在裡面。

他的兩個小孩正沉迷在任天堂遊戲中，那是日本人設計的「三國志」第二代，孫權、劉備、曹操，正在率兵廝殺著，聲色效果均屬上乘，令人不禁好奇而欲一窺究竟。他們藉著群雄逐鹿中原的歷史故事，學習謀略、判斷與用兵，這場距今約一千九百年前的戰爭，帶給孩子們許多的歡笑與滿足。然而，就在兩個月前發生的那場軍隊屠殺人民的「戰爭」，帶給中國人的卻是無止境的哀傷與悲憤。

我躺在床上俯瞰窗外十樓下的商場，以及更遠處的燈火迷離，每一幢大樓都亮著千百盞燈火，一格一格地亮燦著，幾十幢大樓林立相接，簡直像是星河的倒影。我一直認為，香港是一個混合著夢與謎的傳奇都市，每個人從尖沙咀堤岸望向港島燈火輝耀的夜景，一定會懷疑自己是否置身於幻境，也一定會產生許多瑰麗而神祕的夢想。雖然明日太陽升起時的命運並不能確實地掌握在自己的手中，但是，在夜裡，在朵朵暈黃的燈花裡，他們都會做著屬於自己的夢。

第二天清晨，我搭地鐵到沙田的中文大學，一位甫自中文系畢業的朋友帶我四處參觀，很顯然的，他是一位好嚮導，因為他知道我所為何來。在新亞書院前的言論廣場上，微風細雨正冷冷地吹拂著這座位於山頂的學府，他告訴我六月的中文大學是如何的沸騰：學生不上課去靜坐示威，大字報和標語貼得到處都是，當北京的學生開始絕食時，他們就已經有同學在新華社門前絕食聲援。六四慘案發生以後，許多父母才知道自己的孩子也去了北京，因為有許多同學都是偷偷地到天安門去支援，卻瞞騙家人是去東南亞旅行，或者去上海、杭州遊覽，直到槍聲響起，才知道自己的孩子全去了天安門。

那天下午，他約了幾位同學，在家裡的客廳將一位大學老師交給他們的許多珍貴的第一手照片，加以整理、編目並裝訂，由於這些學生被槍殺的圖片過於殘酷恐怖，無法在香港出版，為了不讓這些歷史的見證就此埋沒，他們只好設法寄送到外國的圖書館去收藏。看著他們一臉的沉重與嚴肅，我內心既感動，又心痛，都是正在求學的孩子，為什麼肩上就已經揹負著如此龐大的負擔？當廣場上的血已冷，淚已涼，誰知道仍有著千千萬萬顆熱騰騰的心仍在搏鬥著。這是一種多麼自然而神奇的民族情感，將大陸、台灣、港澳及海外無數的學生的心都緊緊地繫在一起，這種堅固的凝聚力，是子彈坦克射不穿、輾不碎的。在跑馬地舉行的全港市民「黑色大靜坐」，近百萬人參加了集會與遊行。一位住在北角的同學說，那天他準備出門去參加集會時，沒想到排隊的人群竟長到接近他的住家。據說，這是香港開埠以來聚會人數最多的一次。

同樣的，在澳門大三巴牌坊前集會抗議的人潮也高達二十萬，那也是澳門有史以來最大規模的環市遊行和集會，參加人數已超過澳門總人口的五分之二。我在東亞大學的校園內，仍看見當時懸掛至今的布條標語。在拱北古關閘入口處，我看見解放軍正逐一檢查人民出入的證件及物品。去年我來此時，總會有許多人在外頭央求替帶電視機進入大陸，攜帶一台可賺兩百元葡幣，足以在珠海、灣仔飽餐一頓並購買物品，但是今年這些人卻明顯地少了很多，因為遊客已大都止步不進了。

在澳門路環市區一座譚公廟前的海堤上，我坐著望向對岸大陸的橫琴鄉。這裡的雨據說已下了快一星期，但我並未撐傘。有漁民在岸邊打撈魚蝦，泥沙淤積的結果，使得漁民可以直接走入河中，距離如此之近，走著走著，彷彿一下就可走過去了。

澳門與香港的水都是來自珠江，想起那首纏綿的民謠〈我住長江頭〉，在香江，在濠江，數百萬人共飲著珠江水，從珠江頭流到珠江尾，此水何其長，但是如今，我也不得不喟歎：此水幾時休，此恨何時已？

晚清愛國詩人黃遵憲曾經在香港登高臨遠，面對山河之異，而有「山頭風獵獵，猶自誤龍旗」的哀慟，如今滿清割讓的土地就將收回，按理是歡欣鼓舞的大事才對，沒想到卻造成香港人內心的恐慌而紛紛移民，這到底是歷史的命運作弄人，還是香江的災難猶未已？

在天安門廣場上，一場驚天動地的暴風雨剛剛歇息，而香江微雨之後，究竟何去何從呢？每一個地鐵車站出口都放置有任人取閱的《香港基本法草案》不能給他們答案；如雨後春筍般設立的投資移民公司也只能給極少部分的人答案；而流連在賭場、酒店中眼眶紅腫的賭客們，更是不知明天是有陽光，還是依然下著雨？

我搭乘噴射船從澳門回香港九龍灣的朋友家時，已是傍晚時分，才一進門，兩個小孩便拍手大叫，很得意地對我說：「蜀已經被魏滅掉，我們快要統一中國囉！」

朋友和我相視而笑，這笑，依然是苦澀萬分。在任天堂的遊戲中，最後稱霸中原的可以不必是魏，可能是蜀，也可能是吳，因為那是遊戲，布陣錯了，重來，計謀失誤，重來，但是，真實的歷史命運卻不能回頭，它必須謹慎，因為一步走錯，可能萬劫不復。

如今的香港，正好像一艘不得不向前航行的帆船，不知航向，也不知目的地，但是卻又一定要啟航，這種感覺，實在驚心。

離開香港的那天清晨，天空依然灰濛，過午時分，想是又會有一場驟雨。在八千呎高空俯瞰下，港島一下子就縮小得看不見，南中國海浩瀚無涯的蔚藍色很快就淹沒了我的窗口。機身又在巨響中震動，不久衝破了雲層，明麗的天光開始灑在銀白色的機翼上。

香港有什麼不一樣嗎？朋友在機場握別時又再度問起。

我閉上眼睛，彷彿又看見了香江點點的帆影，如星的燈火，以及隨處可見，一路怒綻的洋紫荊花，當然，還有這場似乎下了好久好久的雨……

後記

1

我第一篇正式發表的作品是1982年7月18日在《中華日報副刊》上發表的小說〈生日禮物〉。那年我在師大國文系讀大三。從高中開始，我就大量閱讀現代作家的散文及小說，直到大三那一年，我才開始提筆創作。此後五、六年的時間，我沒有停歇地在稿紙上耕耘，畢業後到金門服役時出版了第一本小說集《青青校樹》，退伍後進入師大國文研究所讀碩士班，碩二時出版了第一本散文集《青春作伴》，彷彿是個文藝青年般，我的生活重心始終在文學閱讀與創作上打轉，心念專一，就想在寫作上闖出些名號來。但隨著學位論文的寫作，以及進入《中央日報副刊》後開始大量寫人物採訪稿，以個人抒情敘事為主的寫作就漸漸少了。1990年代出版的兩本人物報導作品《域外知音》、《生命風景》，正是生命轉向所留下的軌跡。這一轉向，好像就沒有回頭了。編副刊，寫採訪稿，讀書教書，寫論文，奔波於工作與學術上，直到1997年正式離開報社，1999年進入政大任教，我幾乎很少再寫純文藝的創作了。

因此，在我的生命史中，1980年代就顯得別具意義。那不僅是我留下美好回憶的青春歲月，同時也是我此後不斷書寫的起點。那段消逝的時光，成了我生命中最甜美的一段旅程。魯迅寫過《朝花夕拾》，弔唁昔往的輝光，那種心情，如今的我也漸漸懂了。既然是「夕拾者」，除了頻頻回首，恐怕也別無他途。

收在這本書中不多的作品，是我當年曾經走在文學創作道路上所栽下的幾朵小花，如今再度撿拾整理，無非也是想為自己的過往留下一點痕跡，以供來日頻頻回首，想見曾經有過的花開花落。

2

1994年7月，承時任幼獅文化公司總編輯的陳信元先生邀約，將我的小說及散文挑選集結成《讓花開在妳窗前》一書出版。能有這樣的機會將已經在書海中淹沒的作品再度賦予新的生命面貌，我格外珍惜，於是就從《青青校樹》、《青春作伴》中刪去一部分覺得不適合的作品，分成兩輯集成一冊。當年出版時為該書寫的序言〈純真歲月中的美好〉，如今再看，覺得還是很真實地記錄了自己從八0年代走來的一些心情，大致來說，當中的心境似乎至今也並沒有太大的改變：

> 年過三十以後，對胡適「略有幾莖白髮，心情已近中年」的感觸，總有一種去日苦多的深切同感。雖然應該「做了過河卒

子，只得拚命向前」，然而，日子在我手中流逝得越多，回首從前的次數也不免多了起來。

尤其在重讀書中的這些篇章時，更讓我恍如昨日的思緒頓時飛到眼前來。這些二十幾歲階段的作品，不論小說或散文，都曾經烙著我一路跋涉而行的清晰履痕，也都如影隨形地陪伴我成長。在情感波動的起伏中，我因此而幸運地得到一絲喘息的機會，擁有一方休憩閒夢的心靈角落。

事實上，我在「社會化」程度日益加深的同時，我時常警惕自己單純、天真、浪漫的可貴，「校園情懷」的必要，而這本書對我的意義就在此。當然，這與我一直沒有離開過校園的經歷極有關係（即使在軍中服役，我仍兼任教官的工作）。從大學讀到博士班，從國中教到大學，校園生活中的美好特質一直是我眷戀不忘的。從這本書中，正可以看出我年少時的一段美好時光，不論悲喜憂歡，都已嵌入我的記憶深處，牢不可拔。

我深知時光是不會回頭的，但過去這段純真歲月中的種種美好，卻是使我在三十以後拚命向前的無形鼓舞。

十年花落花開，我純真的年少早已走遠，小王子在暗夜裡仰望星空，看到玫瑰花的心情似乎也已失去，但是，幸而有這部「少作」，使我青春歲月中的美好記憶被生動而真實地收藏著。

兩年前，我在台中省立圖書館演講，講完之後，留有一點時間供聽眾發問。我記得很清楚，有不少穿高中制服的學生來聽講，其中有一位問起我〈檔案〉這篇小說是如何寫成的，表示他很喜歡。那一夜坐夜車回臺北的途中，我不禁想起那位高三學生生澀的話語與揮動的手勢，彷彿多年前的自己，而〈檔案〉中的主人翁也曾經走過這一段聯考壓力下的艱苦掙扎。我不知道他是否也正為跨越聯考這一人生大關而苦惱、不安，但時隔多年，相似的心境竟透過小說感動了他，這一點毋寧是讓我深深驚訝的。

我因此而知道，文學是有其頑強而久遠的生命，或許自己都已經遺忘，但當年筆下的人物還一直活在那裡。

這本書是由小說集《青春校樹》、散文集《青春作伴》二書挑選組合而成。感謝所有曾為這些書付出過心力的人，更感謝幼獅文化公司總編輯陳信元先生，讓這在書海中沉浮多年的作品有一個新而且好的歸宿。

成長的路上，我不能說是坎坷，但我終究還是要用「艱難」二字來下註腳。正因為艱難，因此格外珍惜。

寫作的路也一樣。

3

成長與寫作的路同樣艱難。十多年過去了，這句話依然讓我深信不疑。

有人「悔其少作」，我卻覺得應該要「惜其少作」。因為「少作」儘管可能最幼稚、最不成熟，但它往往也是最天真、最質樸、最本色。此書是我一個人的記憶、想像與追尋，是我微不足道的「少作」。但因知其艱難，所以總有一份難捨的珍惜。聽雨客舟，競逐名利，在來去匆匆的日子裡，對過往的每一次深情回眸，其實都是對現實生活難分難解的一種沉澱、釐清和返觀自照。儘管我很少重讀這些作品，但偶然翻閱，常會覺得昔日水遠山長的遼闊風景在眼前一一飛過，而讓自己陷入某種混雜著感傷與清亮的難言情緒中，彷彿舊時的月色，抬頭忽見，只能是怔怔惘然，猶疑如夢，飄渺如歌。

那確實是一段如夢如歌的日子。我努力編故事，認真聽別人說話，在稿紙上一個字一個字寫了又改，改了再寫，在孤燈下忘了已是夜深。退稿的失落，出書的喜悅，冷熱煎熬著一顆多情易感的心。從師大到金山，從金山到金門，再從金門回到師大，那些年的心事流轉都在這些文字上烙了印。我自己是覺得幸福的，因為有這些故事與心情留了下來。這些作品有的寫校園故事，以及對生活現實的觀察與想像，其中也有對前人作品的學習與模仿，或虛構或真實，都已成為記憶中塵埃滿佈的檔案，與青春歲月作伴的幾抹剪影。

時光飛逝果然如電，總在一瞬間。但在翻閱這些作品的時候，又覺得這些文字似乎留住了時間，讓記憶定格，讓往事如在眼前。這一剎那的錯覺，使我突然領悟了寫作真正的意義。至少對於我，青春，愛戀，成長，夢想，我已然遠去的1980年代，所有美好的，哀傷的，都在這裡了。

4

此書原本想將小說和散文輯成一冊出版，一如當年的幼獅版，但在出版公司建議下，還是分成小說、散文二冊，這使作品更加接近於它的原貌，於我個人創作史的意義也更加鮮明。我必須感謝老友蔡登山兄的玉成，將此書推薦給秀威出版，還有責編秉學的用心付出，讓這兩本小書有了新的面貌與生命。我對這些少作特別珍愛，因為那裡面有我年輕的時光與美好的記憶。重新再版，是想讓這些書「活著」，只要活著，或許就能聽見有人發出和我一樣頻率的心跳聲，看見和我一樣曾經悲欣交集的青春容顏。這樣也就足夠了。

釀文學184　PG1329

當時明月在
——張堂錡散文集

作　　者　張堂錡
責任編輯　辛秉學
圖文排版　周妤靜
封面設計　蔡瑋筠

出版策劃　釀出版
製作發行　秀威資訊科技股份有限公司
114 台北市內湖區瑞光路76巷65號1樓
電話：+886-2-2796-3638　傳真：+886-2-2796-1377
服務信箱：service@showwe.com.tw
http://www.showwe.com.tw
郵政劃撥　19563868　戶名：秀威資訊科技股份有限公司
展售門市　國家書店【松江門市】
104 台北市中山區松江路209號1樓
電話：+886-2-2518-0207　傳真：+886-2-2518-0778
網路訂購　秀威網路書店：http://www.bodbooks.com.tw
國家網路書店：http://www.govbooks.com.tw
法律顧問　毛國樑　律師
總 經 銷　聯合發行股份有限公司
231新北市新店區寶橋路235巷6弄6號4F
電話：+886-2-2917-8022　傳真：+886-2-2915-6275

出版日期　2015年7月　BOD一版
定　　價　220元

Printed in Taiwan

國家圖書館出版品預行編目

當時明月在：張堂錡散文集 / 張堂錡著. -- 一版. --
臺北市：釀出版, 2015.07
面； 公分. -- (釀文學；184)
BOD版
ISBN 978-986-445-019-0(平裝)

855 104008674

讀者回函卡

感謝您購買本書，為提升服務品質，請填妥以下資料，將讀者回函卡直接寄回或傳真本公司，收到您的寶貴意見後，我們會收藏記錄及檢討，謝謝！

如您需要了解本公司最新出版書目、購書優惠或企劃活動，歡迎您上網查詢或下載相關資料：http:// www.showwe.com.tw

您購買的書名：________________________________

出生日期：________年________月________日

學歷：□高中（含）以下　□大專　□研究所（含）以上

職業：□製造業　□金融業　□資訊業　□軍警　□傳播業　□自由業

□服務業　□公務員　□教職　□學生　□家管　□其它_____

購書地點：□網路書店　□實體書店　□書展　□郵購　□贈閱　□其他

您從何得知本書的消息？

□網路書店　□實體書店　□網路搜尋　□電子報　□書訊　□雜誌

□傳播媒體　□親友推薦　□網站推薦　□部落格　□其他__________

您對本書的評價：（請填代號　1.非常滿意　2.滿意　3.尚可　4.再改進）

封面設計____　版面編排____　內容____　文／譯筆____　價格____

讀完書後您覺得：

□很有收穫　□有收穫　□收穫不多　□沒收穫

對我們的建議：________________________________

____

____

____

請貼
郵票

11466
台北市內湖區瑞光路 76 巷 65 號 1 樓
秀威資訊科技股份有限公司 收
BOD 數位出版事業部

（請沿線對折寄回，謝謝！）

姓　　名：＿＿＿＿＿＿＿＿ 年齡：＿＿＿＿ 性別：□女　□男

郵遞區號：□□□□□

地　　址：＿＿＿＿＿＿＿＿＿＿＿＿＿＿＿＿

聯絡電話：(日) ＿＿＿＿＿＿＿＿ (夜) ＿＿＿＿＿＿＿＿

E-mail：＿＿＿＿＿＿＿＿＿＿＿＿＿＿＿＿